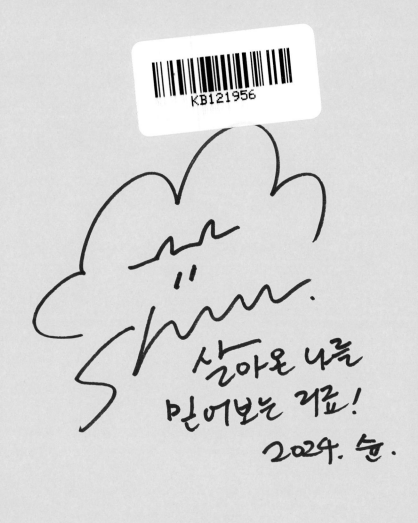

살아온 나를
믿어보는 거요!

2024. 숀.

약한 게 아니라
슌:한 거야

약한 게 아니라
슌:한 거야

생각이 많은 우리에게
자존감 지킴이
슌이 보내는 응원

윤수훈 지음

whale books

나를 믿는 것도
재능이 될 수 있을까

또 늦잠을 잤다. 창밖의 오피스텔 건물 사이로 해가 살짝 걸릴 때쯤 자연스레 눈이 떠졌다. 눈을 뜨자마자 하는 거라곤 인스타그램에 접속해 아무 영상이나 클릭하기. 지난밤 잠들기 전 했던 것과 같은 루틴이다.

신년을 맞이해 해돋이도 보고 왔는데 '새해 버프'가 무색하게 전년의 연말과 다름없는 일상이 흘러가고 있다. 여러 마감을 쳐내느라 연말은커녕 연초 분위기를 느낄 새도 없이 하루하루를 허겁지겁 삼키고 소화하기 바쁘다. 덕분에 엉망진창 바이오리듬이 되었지만 프리랜서 6년 차, 이제는 안다. 이것도 다 한때라는 것을.

처음부터 웬 김빠지는 소리를 하고 있나 싶을지도 모르겠다. 어질러진 삶을 뒤집어 줄 대단한 메시지 한 방을 기대했다면 미리 사과하고 싶다. '갓생' 같은 거,

사실 나도 잘 모른다.

기대를 저버린 김에 환상을 더 깨 보려 한다. 크리스마스의 산타 따위는 존재하지 않는다. 'New year, New me'라는 슬로건 속 'New me(새로운 나)'는 애초에 존재하지 않는 사람이라는 걸 이제는 완전히 깨닫게 되었다는 뜻이다. 12월 31일에서 1월 1일 사이, 그 새벽에 대체 무슨 일이 일어나길래 새로운 나로 다시 태어날 수 있겠는가. 차라리 루돌프를 끌고 굴뚝으로 들어왔다는 산타 이야기가 더 그럴듯하다. 이제는 그런 바람들이 그저 로또와 다름없음을 깨닫는 어른이 되어 버린 것이다. 그나마 달라진 게 있다면 늦잠을 자도 (남들보다 하루를 늦게 시작했다는) 죄책감이 줄었다는 것……?

어찌 보면 염세적이기 짝이 없는 이 이야기 속, 내가 하고 싶은 말은 다름 아닌 '믿음'에 대한 것이다. 나를 둘러싼 어떤 변화에도 이제는 전처럼 쉬이 불안하지 않다는 뜻이기 때문이다. 하루를 언제 시작했느냐는 더 이상 내게 중요한 문제가 아니다. 남들보다 늦은 출발에 마음을 졸이기보다 앞으로 내게 남은 시간을 우선으로 살핀다. 어차피 내가 저지른 일, 수습도 나의 몫이다. 어떤 상황에서든 끝까지 나를 책임지겠다는 믿음이다. 이것을 나는 '나로 귀결되기'라고 표현하고 싶다.

초등학교 시절 내 꿈은 개그맨이었다. 누군가를 웃

기는 데서 오는 희열이 엄청나서 친구들과 얼굴이 마주치기만 하면 엽기적인 표정을 짓곤 했다. 만화도 마찬가지였다. 500원짜리 공책 안에 펼쳐 낸 나의 상상 속 이야기들은 수업이 끝날 때쯤이면 "다음 편은 언제 나와?" 하는 성화로 돌아오곤 했다. 내가 직접 쓰고 그린 이야기가 누군가의 마음을 움직일 수 있다니, 꼭 개그맨이 아니어도 괜찮을 것 같았다.

만화를 그리는 취미는 자연스레 애니메이션 고등학교 입학으로 이어졌고, 지독한 자기혐오의 시간을 거쳐 돌연 뮤지컬을 시작하며 10년 가까운 시간을 보내기도 했다. 졸업 후 다시 쓰고 그리는 사람이 된 지금, 과거를 돌아보니 전부 한때였구나 싶어진다.

어느 하나 진득하게 눌러앉지 못하는 자신을 '도망만 치는 사람' '전문성이 없는 사람'이라 부르며 책망하던 때도 있었지만 결국 오늘을 사는 건 나다. 나는 내가 될 뿐인데, 뭐가 그렇게 무서웠을까?

"뭐든 해도 괜찮아. 어차피 다 너야."

혼란과 좌절의 시간을 지나던 나에게 이런 말을 건넸다면 조금은 더 자신 있게 나아갔으려나.

좋은 일에도, 나쁜 일에도 크게 동요하지 않게 된 것

도 결국 '나'로 마침표를 찍는다고 여기면서부터였다. 큰돈을 벌게 되었다고 해서, 대단한 상을 받게 되었다고 해서, 끔찍한 사고를 당했다고 해서, 크게 배신당했다고 해서, 단지 해가 바뀌었다고 해서 내가 갑자기 다른 사람이 되는 것은 아니다. 좋은 쪽도, 나쁜 쪽도 모두 나의 몫. 그리 대단하지도, 그렇다고 부족하지도 않은, 그저 나일 뿐이다.

하루는 아주 얇은 레이어와 같아서 보이지 않는 두께로 켜켜이 쌓인다. 시간이 지나고 나서야 왠지 다르게 느껴지는 어떤 것이 된다. 달라 보일 뿐, 결국 '나'라는 뿌리를 두고 뻗어 나가는 가지인 셈이다. 믿을 것은 결국 내가 실제로 보고, 듣고, 경험한 나의 시간뿐이다. '살아온 나'보다 더 확실한 믿음이 있을까?

오랜만에 달리고 왔다. 바쁘단 핑계로 거의 한 달을 쉬었는데, 그간 날이 상당히 추워져 새빨개진 손으로 흐르는 코를 닦으며 달렸다. 4분대였던 페이스는 5분대로 늘어났다. 다시 원점으로 돌아온 것으로 보이지만 개의치 않는다. 중요한 건 내가 다시 달리기 시작했다는 것이다. 늦잠을 잔 오늘도 달리고 오지 않았는가. 엉망이 된 바이오리듬 속에서도 나의 박자를 하나둘 다시 찾아 나간다. 이렇게 하면 되는 거다. 내 몸의 주인이 나란 사실만 잊지 않는다면, 때때로 마주하는 슬픔과 우울함에 매몰될 필요가 없어진다. 언젠가 달릴 나를 믿어 주면 그만이다.

애매한 재능, 약한 마음을 탓하며 저 자신에 냉소를 아끼지 않았던 2019년, 나를 믿어 주지 못했던 순간들이 기억난다. 남들보다 늦었던 대학교 입학, 입대, 그리고 졸업을 마친 해였다. 대학이란 허울 좋은 감투를 벗고 나니 그제야 뭐 하나 제대로 해 놓은 게 없는 나의 도망의 역사가 그 모습을 여실히 드러냈다.

'나를 믿어 주는 일은 그 자체만으로 재능이 될 수도 있지 않을까?'

하늘이 정해 준 재능이 아니라면 가능한 일은 그뿐일지도 모르겠다고 생각했다. 기대 반, 의심 반으로 그런 생각을 품자 어쩐지 이유 모를 용기가 생겼다. 그리고 가장 먼저 한 것은, 나에게 새로운 이름을 붙여 주는 일이었다.

슌. 본명인 '윤수훈'을 빠르게 발음한 단어로, '순할 순順'의 의미를 담았다. 망망대해 같은 이 삶 속, 목적지는 알 수 없더라도 부디 순풍을 타고 흘러가길 바라는 마음이었다. 중국, 일본 등에서 순順이 '슌'으로 읽힌다는 점도 그럴듯한 명분으로 충분했다.

이 책은 '슌'이라는 이름을 붙여 준 뒤 약 3년간 나의 인스타그램에 연재했던 만화의 모음집이다. 매년 별다른 변화가 없었다고 생각했는데 한데 모아 보니 이 이야기 속에도 '나-너-우리'로 확장하는 자연스러운 흐름이 있었다. 나도 모르는 새에 순풍을 타고 '우리'라는 목적지에 닿은 것이다.

다음 목적지는 어디일지 모르겠다. 쏟아지는 장대비에도, 거친 풍파에도 닻을 빳빳하게 세워 정면을 응시하며 파도와 바람이 데려다주는 곳을 향할 뿐이다. 그저 나를 믿어 주며. 이 책을 만나는 독자들이 마음속에 저마다의 '슌'의 의미를 새겼으면 한다. 순풍을 타고 흘러가길 바랐던 나의 마음처럼, 지독한 괴로움을 덜어줄 수 있다면 그 무어라도 좋다. 뾰족하게 떠오르는 무언가 없다면 내가 먼저 제안하고 싶다. 이 책에서의 '슌'은 '나를 그저 믿어 준다'라는 의미로 다가가기를.

나를 그저 믿어 주는 하루하루가 되길 바라며,
슌으로부터.

Part 3 약한 게 아니라 나다운 거야

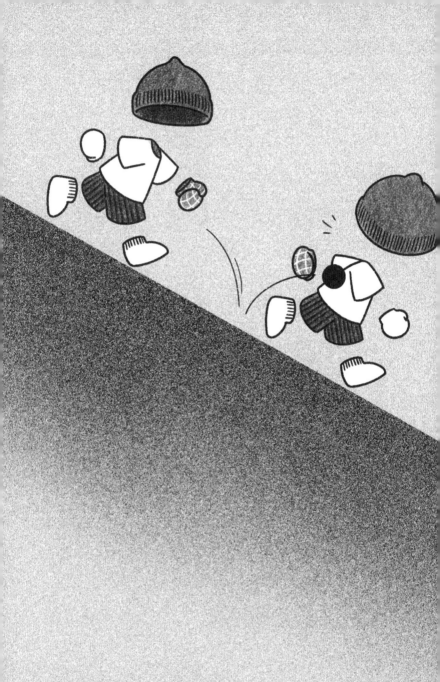

Part 1

나도 내가 처음이야

나를 사용하는 방법

자전거를 타고 집으로 돌아가던 길,
이런 생각을 했다.

삶이란 어쩌면
죽기 전까지 나를 사용하는 방법을
알아 가는 과정인지도...

어떨 땐 행복을 느끼고,
또 어떨 땐 고통을 느껴.

나조차도 이유를 알 수 없는
감정의 원인을 파헤치고, 다음에는
그 감정에 휘둘리지 않기 위해
나만의 방법을 만들곤 하지.

레시피만 있으면 괜찮아

요즘은 거의 집에서 밥을 해 먹고 있다.

탁
탁 탁 탁

직접 해 먹는 요리는 여러모로 만족감이 크다.

특히 현실 감각을 못 찾고 방황하던 요즘,
매일 직접 해 먹은 저녁이 큰 도움이 되었다.

...삶이 망가지는 루트는
의외로 단순해.

최대한의 나로 살면 돼

최대한의 내가 되는 것으로 만족한다.

세상의 척도와 큰 상관이 없는,

내가 할 수 있는
최대치를 해내는
최대한의 나 말이다.

사람은 언제 성숙해질까

근래에 내게 생긴 변화는
사람들을 대하는 태도가

조금 더 편해졌다는 것이었다.

그건 성숙해졌다기보다는

나다워졌다는 쪽에 더 가깝다.

이전에는 내 이야기가 남들 머릿속에서
어떻게 가공될지 따위에
지나치게 신경을 썼지만,

꾸미거나
감춘다고 해서

있는 그대로의 것이
변하거나 사라지는 건
아니니까.

이젠 내가 느낀 그대로를 가감 없이 꺼내 놓는다.

자존감은 자격이 아니야

자존감이 높아 보인다는 이야기를 들을 때마다

> 무엇이든 물어보세요!
> 자존감이 높으신 것 같아요!

> 무엇이든 물어보세요!
> 어떻게 하면
> 자존감이 높아질 수 있을까요?

'자존감'이라는 단어에 대해 생각해 보게 된다.

白尊感

도대체 자존감이
뭘까...

어쩐지 특별한 능력처럼 여겨지고 있다는 느낌을
지울 수 없다.

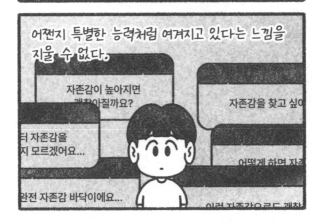

자존감이 높아지면
괜찮아질까요?

자존감을 찾고 싶어

터 자존감을
지 모르겠어요...

어떻게 하면 자존

완전 자존감 바닥이에요...

이런 자존감으로도 괜찮

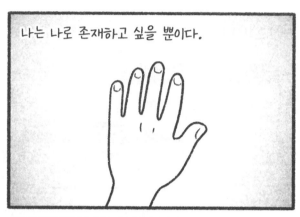

나는 나로 존재하고 싶을 뿐이다.

자존감이라는 게, 내가 나로써 존재할 때
생기는 마음이라면

더 이상 자존감이란 게
필요치 않아졌으면 좋겠다.

삶이 망가지고 있다는 신호

내 삶은 망가지고 있을 때,

뾩!

WARNING

눈에 띄는 몇 가지 신호를 보내 오는 것 같다.

첫 번째, 어제 뭐 했는지 기억이 잘 나지 않는다.

어제 뭐 했더라...

무탈하게 보낸 것 같지만, 무엇을 먹었는지, 누구를 만났는지 생각이 잘 나지 않는다.

두 번째, 자꾸 자극적인 음식이 당긴다.

마라탕 시켰으니까... 콜라 마셔야징~

음료 하나까지도 신경 써서 골랐던 예전의 나는 언제부턴가 사라지고 없다.

세 번째, 내일이 기대되지 않는다.
내일 일어나서 뭘 해야 할지 따위는
안중에 없다.

아,
너무 웃기다 ㅋㅋㅋㅋ

순간의 쾌락에 의존하게 된다.

네 번째, 살이 찐다.
이런 삶이 반복되다 보면 당연하게도 체중이 는다.

냠냠

살이 쪘다는 감각도
별 죄책감 없이 받아들이게 된다.

다섯 번째, 주변이 더러워진다.
어느새 주변은 각종 잡동사니, 널브러진 옷가지,

버리지 않은 쓰레기 따위로 가득하다.

삶을 끌어올리는 방법은
이런 신호에 귀를 기울이는 것부터가
시작인지 모른다.

거창할 것 없다.

당장 눈에 보이는 널브러진 옷가지를
치우는 것으로도 충분하지 않을까?

집 앞을 가볍게 산책하는 것도 좋고.

가벼운 운동은 기분까지 가볍게 한다.

직접 만들어 먹는 식사는 의외로 만족감이 꽤 크다.
간편한 밀키트여도 충분하다.

무분별한 휴대폰 사용과 같은
단순 도파민 자극까지 경계할 수 있다면,

주체적으로 살고 있다고 느끼게 된다.

단순하게 망가진 삶,
다시 쌓는 방법도 단순하다.

단순해서
얼마나 다행이야?

왜 자꾸 힘내라는 거야

힘을 내야 할 사람이 나란 사실은
누구보다도 내가 가장 잘 알고 있다.
그럼에도 마냥 무겁기만 한 말, 힘내.

나도 일어나고 싶어...

최근 들어선 조금 다르게 들린다.

힘내.

곱씹을수록
당연한 위로일 수밖에 없는 말이다.

아무도 내 삶의 무게를 대신 져 줄 수 없다.
나를 끝까지 책임질 사람은 결국 나뿐이기에,
부담 속에서도 힘을 내야만 한다.

'힘내.'
내가 힘을 내야만 나를 살릴 수 있다는 뜻이다.

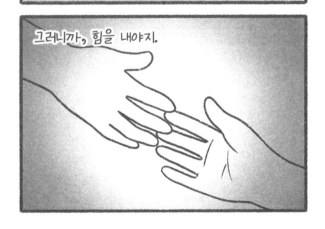

나는 더 행복해져야만 한다

나이를 먹을수록 좋은 점 중 하나는
다양한 감정을 경험하고,

그 감정을 타인의 상황에도
쉽게 투영할 수 있게 되었다는 것이다.

그래서 나는 더,
더 행복해져야만 한다.

내가 겪은 행복이 무엇인지 알아야

내 사람들의 행복도
진심으로 빌어 줄 수 있을 테니.

내가 경험한 슬픔은 위로로, 행복은 축하로.
이 두 가지만으로도
삶은 제법 근사해지지 않을까?

사랑이 눈에 보이는 순간

조카들과 〈알사탕〉이라는 뮤지컬을 보러 갔다.

주인공 동동이가 사람들의 속마음을 들을 수 있는 마법의 알사탕을 먹으며 벌어지는 이야기였다.

늘 잔소리만 하는 아빠에게 삐친 동동이는 퇴근 후 집안일을 하는 아빠의 속마음을 우연히 듣게 되는데,,,

#?!~%+<ﹶ
( )＊{ +} / ☆!

온통 '사랑해'라는 말뿐이었다.

이 장면에서 누나는 엄청 울었다고 했다.

왜 그렇게
눈물이 나던지...

동동이 아빠가 외치는 사랑이
무엇인지 알아서였겠지.

분노에도, 후회에도,
기쁨에도, 슬픔에도

으휴,
또 다 묻히고 먹었네.
휴대폰 보면서
먹지 말라구 했지!

온통 사랑이 묻어 있다.

장난 그만!

주고 또 줘도 모자라지 않은,
모든 걸 줘도 아깝지 않은,

주면 줄수록 차갑게 녹아 버리고
또다시 뜨겁게 얼어 버리는,

그 형태도 늘 동사인 '사랑해.'

사랑해 사랑해 사랑해
사랑해 사랑해 사랑해
사랑해 사랑해 사랑해
사랑해 사랑해 사랑해 사랑해
사랑해 사랑해 사랑해 사랑해
사랑해 사랑해 사랑해 사랑해
사랑해 사랑해

사랑한다는 자체만으로 벅차오르는,
외칠수록 슬퍼지기도 하는
참 아이러니한 감정이다.

사랑해 사랑해
사랑해 사랑해
사랑해 사랑해 사랑해 사랑해
사랑해 사랑해 사랑해 사랑해 사랑
사랑해 사랑해 사랑해 사랑해 사랑
사랑해 사랑해 사랑해 사

63

삶이 고통스러운 이유

열심히 항변했던 기억이 있는데...

왜 삶이 고통뿐이야! 아들이랑 이렇게 여행 와서 행복하잖아!

응, 그것도 그렇지~

시간이 지날수록 그 말이 무슨 뜻인지 알 것 같았다.

언제까지 이렇게 무기력하고 눈물이 나고 슬퍼야 할까?

이게 다... 살아 있으니까 느끼는 거겠지.

고통이 뭔지 알기에
사랑을 좇는 게 사람이니까.

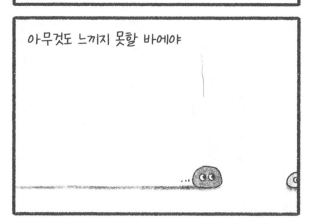

아무것도 느끼지 못할 바에야

처절하게 슬퍼하고
또 사랑하며 살래.

엄마,
오래 기다렸지?

왔네,
우리 아들.

불안 열차에 타는 밤

누군가 내 일기를 읽는다면

일기에도 솔직하게 글 못 쓰는 사람,

그게 나였다.

언젠가 일기를 쓰던 중

일기에서까지 형체도 없는
남 눈치를 보는 나에게 질려

한 번도 활자로 옮기지 않았던 솔직한 글을
마구잡이로 적어 내려간 적이 있었는데,

그때 엄청난 해방을 느꼈다.

일기장을 덮으며 들었던 생각은,

'일기는 보는 사람의 몫이기도 하다'는 것.

누군가 이 일기를 읽고

나에 대한 생각이 부정적으로 바뀐다 해도

그건 더 이상
내 몫이 아니기로 했다.

호기심에도
책임이 따르는 법이니까.

나를 떠난 말은
더 이상 내 몫이 아니다.

우울과 싸우는 법

나는 기분을 많이 탄다.

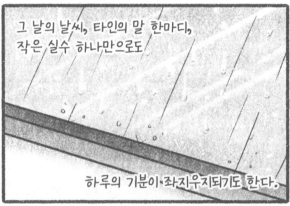

그 날의 날씨, 타인의 말 한마디,
작은 실수 하나만으로도

하루의 기분이 좌지우지되기도 한다.

안 좋은 방향으로 타기 시작한 기분에는
부정적인 생각들이 꼬리를 문다.

생각의 꼬리를 자를 수만 있다면
이런 기분에 이길 수도 있지 않을까?

이기고 싶다고 생각하면
메말랐던 의지도 조금은 숨을 쉰다.

네가 뭔데 나를 이렇게 좀먹어?
나를 어디까지 끌어내릴 생각이야?

승리를 위해 억지로라도
자신감을 불어넣는 방향으로

겨우 기분 따위...

생각의 방향을 한 번에·틀어 버릴 수 있다면

75

나라는 손님

뜨겁고 무거운 축축한 공기만으로
여름이 왔음을
깨닫는 시기가 왔다.

아, 더워...

작년의 경험으로 미루어 보아
이 시기에 집에서 빨래를 건조하는 일은
쉽지 않을 것 같아

일찍 제습기를 장만했다.

제습기 구입을 시작으로,
그간 불편함을 느꼈지만

으, 먼지...

이런저런 핑계로 피해 왔던 집안일을 시작했다.

어쩌면 나만 알 수도 있는,

잘 보이지 않는 곳들을
깨끗하게 청소하니

이걸 다시 사용할 미래의 내가
대접받는 기분이 들었다.

펄럭 -

이런 사소하지만
나를 귀히 여기는 일들이 쌓일수록

뽀송뽀송해...

삶은 만족감으로 충만해진다.

껍데기만 남고 싶지 않아

타인의 평가에 크게 기대지 않기로 했다.

남들이 매겨 주는 점수에 목매달던 때도 있었지만

그 뒤엔 나 자신의 안위를 뒤로한
그럴 듯한 껍데기만 남아 있었다.

어떤 부분에선 여전히
타인이 매겨 준 점수로 평정심을 유지하지만,

타인이 주는 점수에 기대지 않고도 나만의
기준으로 최선을 택할 수 있는 사람이 되고 싶다.

그래야 균형이 맞지 않을까.

이미 타인의 점수에
점령당한 세상이잖아...

슬플 때 러닝화를 신는 이유

걱정이란 녀석은 사실 코딱지만하다.

작고 하찮은 녀석이지만,
조금만 방치하면 엄청난 속도로 커져서

결국은 손쓸 수 없는 지경에
이르게 되는 것이다.

녀석을 제압할 수 있는 가장 좋은 방법은
가장 하찮은 상태의 놈을 발견한 순간,

가볍게 밟아 버리고 달리는 것뿐!

달리다 보면
해결될 리 만무한 감정들과 씨름하느라
애썼던 게 부질없이, 아니,
아깝게 느껴지기까지 한다.

감정이란 어차피 마음이 하는 일.
답도 없는 무력감에 몸서리치기보단,

차라리 마음을 속이는 편이 낫지 않을까?

고통에 몸부림치며 달리는 것일지언정,
아무렴 무슨 상관인가.

슬픔은 이미 땀과 함께 씻겨 내려가 버렸는걸.

헉...
헉...

복잡한 핑계와 고민을 뒤로한 단순한 움직임.
달리기는 어지러운 삶에
단정한 반복이 주는 현답이기도 하다.

우주 먼지는 뭐든 할 수 있어

...그렇다면 내 고민은
우주 먼지의 코딱지 정도이려나...

우주 먼지의 코딱지로...
이렇거나 심각해지다니...

자존심
상해.

상처받지 않는 경계선

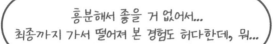

흥분해서 좋을 거 없어서...
최종까지 가서 떨어져 본 경험도 허다한데, 뭐...

욕심 없는 거 아니야~
상처받지 않고 작아지지 않기 위한
나만의 경계선이 있을 뿐이야.

떨어져도 바로 털어 내고
다음을 준비할 수 있는 나였으면 좋겠거든.

그러니 최선을 다하되
크게 기대하진 않으려고.

어쩔 수 없는 한계를 예상하면서도
끊임없이 도전하는 그를 보며

언제든, 어떤 상황이든 부딪혀 볼 만한
용기를 배웠다.

나의 한계를 울타리로 사용할 때,
뭐든 시도해 볼 만한 용기가 생기는 거야.

자기 전까지 기분 좋아지는 법

삶이 무료하게 느껴진다면

월, 주, 일 단위로 기대되는 일들을 심어 보자.

이달 말엔 보고 싶었던 친구들과 만나
술 한 잔을 할 거야.

이번 주 수요일엔 기대했던 영화를 보러 갈 거고.

가끔은 한 번도 해 본 적 없는
작은 일들을 저질러도 좋아.

오늘은 이 길로
돌아서 가 볼까?

당장 오늘은... 이것으로 만족해야지.

잠들기 전까진 기분이 좋을 테니까.

무슨 댓글이 달릴까?

기대를 심어 두기만 한다면,
평범했던 매일이 양분이 되어 줄 거야.

남은 건 행복이 피어날 일뿐!

슬픔 빨래

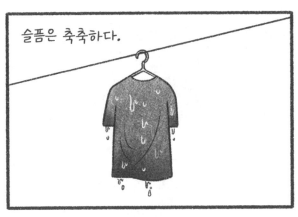

슬픔은 축축하다.

그래서 잘 말려 놓지 않으면

원치 않은 일들이 벌어지고야 만다.

축축한 슬픔에 잠길 때일수록
슬픔을 잘 말리고, 다리고, 개어 놓자.

잘 개어 놓은 슬픔을

잘 펼칠 수 있을 그 날을 위해.

펄럭

행복이 내는 소리

감정에 대한 원고를 모아 편집자님께
보내 드렸을 때, 이런 피드백이 돌아왔다.

✉ To. 슌 작가님
작가님, 대부분의 감정이 불안, 우울 등
어두운 감정이네요. 좀 더 다채로운 감정을
다루면 좋을 것 같은데...
혹시 특별한 이유가 있을까요?

당시에는 이렇게 답했지만,

✉ To. 편집자님
제 많은 독자 분들이 우울과 불안의 상황
에서 고민이 많으시더라고요. 도움이 되는
이야기를 하고 싶었던 것 같아요.

곱씹을수록 의문이 생기는 일이었다.

그러고 보니 기쁨이나
행복 같은 감정에 대한 이야기가
많이 없네... 어째서지?

생각이 많아지는 순간은 늘 어둠 속이었다.
해결을 바라는 손끝은 뭐라도 두드렸다.

타닥...

타닥...

두드림은 간절한 떨림이었다.

그 진동은 심장의 소리와 비슷했다.

심박수를 따라 손끝을 두드리다 보면

탁-

나의 글과 마음이 시침과 분침처럼
맞물려 마침내 정각이 되었다.

행복의 순간에는
무언가 맞물릴 틈 없이 바쁘다.

일부러 두드리지 않아도 알아서 두드린다.

아니, 두근댄다.

타자 소리가 멎을 때도 어떤 떨림이 있다면
내 행복에서 울리는 진동일 것이다.

나의 행복은 두드림이 아니라
두근거림이다.

오늘을 더 누려야 해

간만에 날이 따뜻해져 자전거 타고 외출하고
한강에서 산책도 했다.

집으로 돌아가는 길, 나직이 되뇌인 말.

오늘 날씨
제대로 누렸네!

그래, 삶을 더 누려야 해.

자주 잊게 되잖아, 내가 가진 것들.

가진 것을 사용하지 않으면 무슨 소용이겠어.

볕 좋은 날엔 날씨를 누리고,

지금의 젊음과 건강을,
좋아하는 사람들과의 시간을,

배움과 성장의 기쁨을,

더 누리면서 살자.

내가 이미 가진 것들이잖아?

잘 살고 싶으니까 불안한 거야

그 주파수를 맞추기 위해 몸을 부지런히 사용했다.

물 한 잔 마시는 데도
노력이 필요하네...

필요한 걸 주문하고, 택배 상자를 뜯고,
냉장고를 채우고, 쓰레기를 버리고...

모든 정리를 마친 다음 날 아침, 샤워를 하고 나와
어색하게나마 질서를 찾은 집 안 풍경을 보며
나도 모르게 되뇌었다.

이제야 좀 사람 사는 집 같네...

'사람 사는 집'이라니...

나의 동력은 생존을 위한
불안으로부터 나왔음을 인정한 셈이었다.

나는 그간 불안을 피해야 할 존재로 여겼다.

감추고 싶고, 불쾌하기까지 했으니까.

독립 첫날, 어쩌면 불안은 텅 빈 집과
다름없지 않을까 생각했다.

살아가기 위해 무어라도 채워 넣었던
나의 어제와 같은.

그러니까, 어쩌면 불안은
더 나아질 수 있다는 동력이자 신호인지도 모른다.

내가 갖고 싶은 능력

나는 늘 최고로 빛나는 사람이 되기를
꿈꿔 왔던 것 같은데

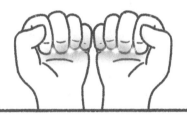

나이를 먹을수록
그런 건 아무래도 상관이 없어진다.

그저 바라는 건,
나에게 소중한 것이 무엇인지

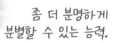

좀 더 분명하게
분별할 수 있는 능력.

화려하게 빛나지 않아도 괜찮아.

대단한 무언가를 이루지 않아도,

엄청나게 유명해지거나

억만금의 부를 쌓지 않아도 괜찮아.

지금 내게 주어진 소중함을 분별하고
그것을 지킬 수 있는 삶이라면

그걸로 됐어.

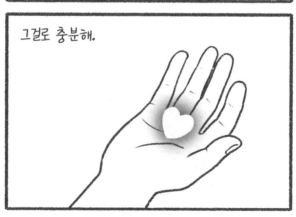

그걸로 충분해.

얼굴 없는 사람들에게

고등학교 시절, 내 별명은 '얼굴 없는 선배'였다. 첫 후배들을 맞이할 열여덟 살 무렵, 머리부터 발끝까지 꽁꽁 싸매고 다닌 덕에 생긴 별명이다. 거의 1년에 가까웠다. 나에게 붙어 있는 모든 존재를 부정하며 살았던 시간이.

가장 어두웠던 시절을 꺼내 보라면 여전히 떠오르는 그때를 단순히 조금 늦은 사춘기 정도로 놓아주고 싶지 않다. 연민으로 가득한 시선도 거두고 싶다. 10년이 넘게 지난 지금도 두고두고 이 이야기를 하는 이유는 그 시절 나와 같은 시간을 선명히 건너고 있을, 세상의 '얼굴 없는 이들' 때문이다.

시작은 나의 성격을 지우는 일이었다. 낯을 심하게

가리는 유난히 소심한 나의 성격은 정반대편에 선 가까운 친구를 질투하게 했다. 한 학년에 100명이라는 적은 정원, 24시간 내내 좁은 기숙사 생활을 해야 했던 폐쇄적인 학교 시스템은 곰팡이 같은 질투를 키우기에 더할 나위 없이 좋은 환경이기도 했다. 어쩔 수 없는 일이었다. 흉내 내지도 못할 말과 행동을 억지로 끄집어내며 사람들의 사랑을 갈구할 순 없는 일이기에.

늘 사람들에게 둘러싸인 그의 모습을 보며 무력해지는 나의 한계 앞에 차라리 택한 것은, 분노이며 질투였다. 머리로는 충분히 그의 무고함을 알고 있었기에 나의 못난 감정은 고개를 들지 못했다. 피의자의 편에 서지도 못하는 자아는 정체를 숨기기 급급했다. 그때부터였나. 손에 잡히는 무어로라도 나를 감추게 된 것은. 그럼에도 감춰지지 않는 것은 갉아 먹혀 뜯겨 나간 수치심의 모서리였다. 그곳에선 역겨운 진물이 흘러나왔다. 고여 가는 질투에는 썩은 악취가 풍겼다.

그 부끄러운 감정이 향한 다음 타깃은 그의 재능이었다. 그의 작업, 생각, 그가 하는 말과 행동에서는 반짝반짝 빛이 났다. 사방으로 뻗은 빛의 가지들이 나를 쿡쿡 찔렀다. 그 무렵, 모차르트의 천재성을 질투하는 살리에리의 일대기를 그린 영화 <아마데우스>를 보았다. 어떠한 노력으로도 따라잡지 못하는 모차르트의 천재

성에 감탄과 탄식을 반복하던 살리에리는 결국 모차르트를 죽음으로 몰아넣는 장본인이 되었다. 노인이 된 살리에리는 쭈그러든 손으로 얼굴을 쓸어내리며 그제야 신 앞에 자신의 죄를 회개한다.

2시간 40분 내내 따라간 살리에리의 이야기 뒤에서 발견한 건 발가벗겨진 내 모습이었다. 슬픈 사실은 살리에리에게 느낀 감정이 동정심이 아닌 역겨움이었단 것. 자기 연민이라도 있었다면 살리에리가 불쌍하기라도 했을 텐데, 나는 나에게마저 버림받는 역한 인간이었다.

어둠은 불처럼 활활 번졌다. 썩어 가는 내면을 감추는 데 한계에 다다랐고, 들키지 않기 위해 할 수 있는 건 기리는 일뿐이었다. 모자를 깊숙이 눌러쓰는 것도 부족해 야상에 달린 후드를 뒤집어쓰고 고개를 숙이며 다녔다. 말을 한마디도 하지 않는 날들도 있었다. 나의 성격, 재능, 외모, 목소리, 행동, 모든 것이 싫었다. 그냥 싫은 게 아니라 지긋지긋하게 싫었다. 이 지긋지긋한 것들을 한평생 달고 살아야 한다니. 정말이지 끔찍한 일이 아닐 수 없었다.

이것이 1년 동안 한 번도 나의 얼굴을 본 적이 없었다는 후배의 말로부터 탄생한, '얼굴 없는 선배'가 된 배경이다. 그 '얼굴 없는 선배'가 이제는 화면과 지면, SNS

따위에 마구잡이로 자신을 노출하는 사람이 되었다. 나의 SNS에는 글, 그림과 사진은 물론 3분의 1이 내 얼굴로 도배되어 있다. (가끔은 처음 보는 사람들에게 보여 주기 민망할 정도이다.)

아무래도 열아홉 살 무렵 시작하게 된 연기 이야기를 빼놓을 수 없을 것 같다. 연기를 하려면 사람들 앞에 내가 느낀 '진짜'를 끄집어낼 수밖에 없었다. 무대 위로 불안과 우울, 분노와 질투 같은 감정들이 하염없이 쏟아졌다. 가장 보여 주고 싶지 않은 나의 모습을 드러내며 뜻밖에 마주한 감정은 해방감이었다. 콤플렉스로 여겼던 외적인 문제들도 무대 위에선 여실히 드러난다. 도무지 숨을 데가 없는 곳, 무대를 통해 내가 얻은 힌트는 고여 있는 고민일수록 팔을 뻗어 뭐가 들었는지 하나둘 꺼내 봐야 한다는 것이었다.

감출수록, 덮어 둘수록 해결되는 건 당장의 끔찍함뿐이다. 그마저도 간절한 순간이 있지만, 훗날 덮어 둔 그것을 열었을 때의 공포를 생각하면 당장의 끔찍함에 도리어 감사해야 할 일인지도 모른다. 언제 넣어 뒀는지 기억도 나지 않는 냉장고 속 음식의 뚜껑을 연다고만 생각해도, 아아, 벌써부터 인상이 찌푸려지지 않는가.

내 안에 자리한 감정들을 꺼내 놓는다고 모든 게 해결되진 않는다. 하지만 인정으로 나아가는 가장 중요한 첫걸음임은 확실하다. 부정적인 감정의 한복판에 있을 때 당장 그 상황에서 벗어나고 싶은 마음뿐이기에, 나의 부족함을 인정하기 쉽지 않다. 끔찍한 감정마저 나의 것임을 인정하고, 그 부족함을 가늠할 수 있을 때 나는 비로소 진짜 내가 되었음을 실감했다.

자신의 목소리를 녹음하여 처음 들어 본 사람들은 알겠지만, 그 낯선 기분에 소름이 돋는다. 남이 찍어 준 사진 속 내 얼굴도 가끔 그 못생김에 화들짝 놀랄 때가 있다. 그게 진짜 자신이다. 그러니 실망을 삼키고 귀여워하자…는 말을 하려는 건 아니고, 그 '또한' 자신이다. 셀카 속 잘 나온 각도로 담은 내 얼굴도, 누군가 찍어 준 사진 속 못난 내 얼굴도 모두 내 모습이다. 어떤 타인에게는 셀카 속 나의 모습으로, 또 어떤 타인에게는 누군가 찍어 준 사진 속 나의 모습으로 내가 자리하고 있을 것이다.

중요한 건, 타인보다 나 자신에게 내가 어떤 모습으로 자리하고 있느냐다. 나는 전자를 택하며 살고 있다…는 농담이고, 요즘은 못생긴 B컷도 많이 귀여워해 주려하고 있다. 어쩌겠는가. 그마저도 나라는데. 평생 끌고 살아가야 할 반려인이라는데.

'진짜 나'가 있다는 환상도 버려야 한다. 진정한 자신을 찾아 떠난다든지, 어떤 특별한 과정을 통해 진짜 나를 만나게 되었다든지 하는 이야기를 듣다 보면 마치 현실의 나는 가짜고, 본질을 품은 진짜는 따로 존재한다고 생각하게 된다. 미안하지만 전부 나다. 내가 건너온 시간 속 다양한 얼굴을 한 나의 모습 전부가 나다. (앱으로 심하게 보정한 사진이 아닌 이상. 아니, 어쩌면 어떤 의미로 그 역시 자신일 수도. 당시 나의 욕망이 투영된 모습일 테니.)

최근 나는 친구와 여행 유튜브를 시작했다. 촬영과 편집을 하며 크게 품게 되는 기대는 100만 구독자와 일확천금…이 아니라 사람들 앞에 양파 껍질 벗기듯 한 껍질씩 벗겨질 나의 모습이다.

인스타그램에 처음 만화를 그리기 시작하고 몇 년간은 얼굴을 드러내지 않고 창작 활동을 했다. 점차 얼굴을 드러냈고, 오프라인 모임도 하기 시작했다. 이제는 나의 얼굴, 목소리, 행동, 생각 모든 게 여실히 드러날 수밖에 없는 영상 콘텐츠에 나를 노출시킨다. 이로써 내가 얻고자 하는 것이 무엇일까 고민해 본 결과, 포장하기 바빴던 시기를 지나 이제는 나를 한 꺼풀씩 벗겨내고 싶다는 사실이었다.

자신을 포장하는 사람들에게 이전처럼 큰 매력을 느끼지 못하게 됐다는 것도 참 재밌는 사실이다. 이제는 약한 모습마저 주저 없이 드러내는 이들에게 훨씬 큰 매력을 느낀다. 그런 사람들을 보고 있자면 약점도 단단함이 될 수 있다니, 솔직함이란 그만큼 엄청난 파장을 지닌 무엇인 것 같아 더 용기를 내 보고 싶어진다. 부족하면 어때? 그게 나라는데. 어차피 나니까, 가끔 부족하면 부족한 것 좀 감추기도 하고 포장하며 살 수도 있는 거지, 뭐. 30년 좀 넘게 살아 봤는데 다들 그렇게 살더라. 그런 의미에서 포장했던 과거도 가짜라 여기지 않는다.

'얼굴 없는 선배'가 배우 지망생, 작가를 거쳐 여행 유튜버가 되기까지. 자신에게 이런 서사를 부여하는 게 적잖이 낯간지럽지만, 번데기가 탈피해 나비가 되어 새 행복을 찾아 여행을 떠나는 과정처럼 느껴진다. 마침 그 시절 매일 입었던 카키색 야상은 무릎 아래까지 오는 기장으로 온몸을 감싸, 꼭 번데기 같은 모양이기도 했다. 불현듯 방문을 두드리는 불안에, 여전히 나비 같은 가벼운 날갯짓이 어렵게 느껴질 때도 있지만 이제는 숨지 않는다.

그리고 그거 아는가? 숨길수록 그 비대해진 자아가 더 눈에 띈다는 사실을. 꽁꽁 싸맸던 '얼굴 없는 선배'가 누군가의 눈에는 유난스러운 자아였을지 모른다. 그렇게 생각하면, 저 혼자 투명 인간인 척 꾹 숨을 참기보다 크게 한숨 내뱉는 편이 낫지 않을까. 고생했다며 토닥여 줄 누군가 곁에 기다리고 있을지 모를 일이다.

그림일기1 기분을 다스리는 법

학창 시절, 나는 감당하기 어려운
큰 우울에 빠졌던 적이 있다.

우울의 근원은
나 자신을 남과 비교하는 것이었다.

너무 못났다, 못났어...

나는 왜 제대로 할 줄 아는 게 없지?

다시 태어나고 싶다...

더 이상 견디기 어려웠던 나는
결국 도망을 택했다.

도망쳤던 곳은 무대. 열아홉 살이 되던 해에
나는 연기를 배우기 시작했다.

역할 뒤에 숨으면 초라한 나의 '진짜'를
들키지않을 수 있을 것 같았다.

허나 연기를 하기 위해선
내 '진짜'를 사용할 수밖에 없었다.

극 중 인물을 이해하려면
내가 겪었던 가장 비슷한 감정들을
끄집어내야만 했기 때문이다.

처음이었다.

어디서도 내보인 적 없던 격한 감정을
남들 앞에서 끄집어냈던 것은.

아마 그게
기분을 다스리는 첫 번째 단계였던 것 같다.

하아...

하아...

내가 가진 감정을 바깥으로 뱉어 내는 것.

그리고 두 번째,
그 감정과 똑바로 마주하는 것.

너였구나.

2

감정이란 흐르는 물과 같아
내 마음대로 멈출 수 없다.

흐름을 제어할 순 없으니 그 속에
무엇이 있는지 면밀히 들여다보아야 한다.

그 당시 나의 마음엔 해결되지 않은
분노, 슬픔, 우울, 억울함 같은 감정들이

뒤엉킨 모양새로 떠내려가고 있었다.

엄연히 존재하고 있던 감정들,

덮어 둔다 해도 해결될 리 만무하다.

감정을 꺼내는 것 자체만으로
크게 안심이 되었다.

탁!

한 치 앞도 알 수 없는 깜깜한 방 속에서

적어도 내가 어느 곳에 서 있는지 정도는
가늠할 수 있었기 때문이다.

그러나 누구나 연기를 배울 수 있는 환경을
쉽게 마련할 수 있는 것은 아니다.

20대 중반이 되어서야 나 또한
연기를 배울 수 없는 환경을 맞이하게 된다.

어이, 훈련병!

예..옙!

군대에 입대한 것이다.

정신 똑바로 안 차려?

3

마음 건강의 시점으로만 바라본다면
군대는 독일 수밖에 없다.

나라는 사람의 정체성을 철저히 지운 채
도구로만 사용해야 하는 곳이기 때문이다.

힘든 훈련 강도, 자유가 박탈된 일정,
마음을 주기 힘든 동료들,
그런 건 아무래도 상관없었다.

내가 가장 갈증을 느꼈던 부분은...

나라는 사람이 점점 흐릿해진다는 것이었다.

겨우 뭍으로 나와 이제야 조금씩
나란 사람의 사용법을 알아 가던 중이었는데,

군대에선 나를 알아 가는 시간과 노력이
모두 사치처럼 치부되는 것 같았다.

개인의 감정과 생각 따위를
바깥으로 표출할 수 없는 환경이 강제되니,

부정적인 생각들은
자연스레 안으로 고여 가기 시작했다.

고인 물은 썩기 마련이다.

썩고 싶지 않았던 나는,
글을 쓰기 시작했다.

사각
사각
사각
사각
사각

4

훈련소에서 나눠 준 작은 수첩 안에
그 날의 훈련, 식사, 동기들 이야기 등

생각나는 건 무엇이든 닥치는 대로 적었다.

그때의 기록은 사실 배설에 가까웠다.
내 안에 쌓여 가는 감정과 생각들을
어딘가에 쏟아 놓지 않으면
도저히 견딜 수 없을 것 같았다.

자대 배치를 받고 나서도 글쓰기는 계속되었다.

가족 이야기

친구들

인생 첫 여행

신체의 비밀

나의 꿈

그게 꼭 나와 나누는 대화 같았다.

그동안 내가 너무 부정적인 이야기만 했지? 재밌는 이야기도 해 줄게.

아주 재밌는 대화. 다가오는 아침을 미루면서까지

밤의 끝자락을 붙잡고 싶은 그런 시간.

꺼내기 어려웠던 속이야기도 적고 나면 마음이 한결 가벼워졌다.

활자화된 감정은 질풍노도의 과거 사진을 보는 듯해 좀처럼 자기 연민에 빠지는 일도 없었다.

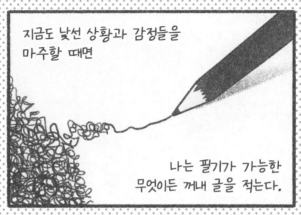

지금도 낯선 상황과 감정들을
마주할 때면

나는 필기가 가능한
무엇이든 꺼내 글을 적는다.

처음엔 정처 없이 떠도는 글들도,

어느 순간부터 자연스레
생각의 맥을 따라 흘러간다.

글이 흘러간 곳엔 지도가 있다.

같은 곳을 헤매고, 또 헤맸던.

무참히 뭉개진
나의 발자국이 새겨진 지도가 있다.

엉킨 발자국이
글로 다려지면 결국 지도가 된다.

기분을 다스리는 그 마지막 단계는
마주한 감정의 맥을 따라 적어 보는 것이다.

기분에 쉽게 잠식되는 오늘도 나는 글을 쓴다.

내 뜻대로 되는 게 없는
세상이지만

내 마음만큼은
펜 한 자루에 쥐고 있을 수 있다는 사실이
엄청난 위로가 된다.

사각 사각
사각
사각
사각
사각
사각

Part 2

오해 말고
이해받고 싶어

왜 인간관계를 맺는 걸까

비 내리는 출근길, 잠시 사색에 잠겼다.

사람들은 왜 이렇게 인간관계에 많은 시간과 에너지를 쏟는 걸까?

혼자 태어나서 혼자 가는 게 인생이니까. 그 사이의 외로움을 견디지 못하고 누군가와 끊임없이 관계 맺고 싶은 거겠지.

가족, 친구, 연인, 동료, 뭐, 다양하게.

131

내가 좀 별로면 어때

스쳐 갔던 사람들 중 누군가는
나를 괜찮은 사람으로,
또 누군가는 별로였던 사람으로 기억할 테다.

괜찮은 사람으로 기억되는 건
분명 기분 좋은 일이지만,

또 한편으론 그 단면이 전부가 아님을
가장 잘 아는 사람은 아무래도 나라서...

헤어짐에도 용기가 필요하다

최근 지인에게 섭섭함을 느꼈다.

섭섭함을 드러내자니
속이 좁아 보일 것 같아 싫었고,
감추자니 그 감정이
계속해서 마음을 괴롭혔다.

나 자신에게 두 가지 질문을 던져 보기로 했다.

첫 번째,
왜 섭섭함을 드러내고 싶어?

그야 내 마음을
알아주면 좋겠으니까.

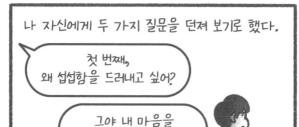

왜 네 마음을 알아주면 좋겠는데?

내가 좋아하는 사람이니까...
이렇게 계속
내 마음이 불편한 상태로
관계를 지속할 수는 없잖아.

그럼 두 번째,
섭섭한 감정을 감추고 싶은 이유가 뭐야?

속이 좁아 보일 것 같잖아.

속이 좁아 보이면 안 되는 이유는?

어, 음... 그야...
나 자신이 그렇게 비춰지면서까지
문제 삼고 싶진 않아.
불편하거든...

사랑이 자라는 조건

계속 바라본다고
빨리 자라지 않는다.

그렇다고 그냥 방치해서도 안 된다.

물을 너무 많이 줘서도,
너무 강한 햇볕 속에 계속 놔둬도 안 된다.

적당한 때에 물과 바람, 햇빛을 주고
나머지는 서로의 시간에 집중한다.

그 속에서 서로가 자란다.

사랑이 그러하다.

당신의 햇별

시골에 내려가던 설날 밤,
부모님에게 말했다.

나 이제...
나가서 살려고 해.

사실 지난주에
오피스텔도 구했어.
이번 주가 이사날이야.

태연한 아빠와 달리
엄마는 조금 놀란 눈치였다.

그걸...
왜 이제 말하니~

...

어릴 적부터 워낙 바깥 생활을 많이 해서
엄마 역시 나의 독립에 감흥이 없을 줄 알았는데

어휴...
위치는 어디야?

금액은 괜찮고?

나이도 찼는데...
이런 반응이
민망할 것 같아서
말을 일찍
못 꺼냈던 것 같다.

아무래도 나만의 착각이었던 듯하다.

다음 날, 엄마는 내게 봉투 하나를 건넸다.

이게 뭐야?

할머니랑 아빠랑 같이했어.
이사하는 데 보태서 써.

지폐로 두툼해진 봉투 겉면에는
엄마의 글씨가 적혀 있었다.

한참을 바라봤다.

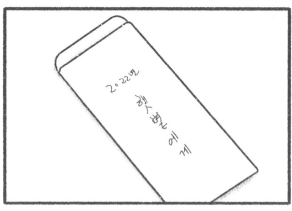

갈 수만 있다면 가고 싶다

내가 죽으면 어떻게 기억될까

어느 날, 지인과 대화를 나누다
문득 그런 생각이 들었다.

내가 죽었을 때
이 사람이 나를 기억해 줄까?

...그랬으면 좋겠다.

그러니까...
이 시간을 더 소중히 해야겠다.

삶이 욕심 나는 순간은 내가
누군가의 기억이 되길 바라는
마음으로부터 시작되는 건
아닐까.

기억의 종착지는
아마 죽음이 될 테다.

그런 순간을 상상할 때면...

좀 더 잘 살아 보고 싶어진다.

많은 사랑을 나누고 떠난,
좋은 사람으로 기억되고 싶어진다.

'친구'에 콤플렉스 있는 사람

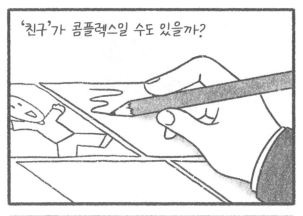

'친구'가 콤플렉스일 수도 있을까?

'친구'라는 단어만 들어도
가슴이 따끔할 수 있을까?

야, 밥 먹자!

정답, 그럴 수도 있다.

오늘 반찬
뭐래?

중학교 시절, 나의 콤플렉스는 친구였다.

친구라는 게 마치 패션 같았다.
어떤 친구와 친하냐에 따라
위계가 정해지고,

왜 급식실

친구가 있냐 없냐에 따라
부끄러움을 느끼기도 했다.

가장 아랫바닥에서 창피함을 숨기기
급급했던 인간,

왜 급식실

이제야 말할 수 있는,
친구 한 명 없던 지질한 나의 어린 시절이다.

마음을 주기엔 지나치게 겁이 많고,

마음을 받기엔 의심이 많았던 아이는

같이 먹어도 되지?

어? 어, 그.. 그래.

우정이란 감정을
서툴게 배운 어른으로 자랐다.

나도
같이 먹어도 돼?

나도!

그래서 더 고마운 나의 친구들.

이제는 조금 알 것 같다.

친구가, 우정이 무엇인지.

걱정 없이 웃고 떠들 수 있는,
그들을 떠올리기만 하면 된다.

내기내 니기니

언젠가부터 인간관계로부터 받는
스트레스가 줄었다.

'내 기분은 내 것, 네 기분은 네 것',
일명 '내기내, 니기니'를 실천하고부터다.

이를테면 예전에는
누군가의 사사로운 행동에

아, 나 가야겠다.

벌써?

154

상대가 품은 감정까지도
온전히 개인의 몫이라 여기고 나니

함부로 건드리지 않는 것이 옳고

사정이 있겠지.
네 기분은 네 것.

동시에 나의 마음을 우선으로
살필 수 있게 되었다.

내 기분은 내 것.

거절 연습

강점 코칭을 받았다.
내 강점을 파악하고
앞으로 나아갈 길을 살펴보는 과정이었다.

나는 특히 관계에 있어서
재능이다 싶을 정도로 강점이 두드러졌다.

강점의 1위부터 5위까지
거의 관계와
관련이 있네요.

호오... 관계에
재능이 있다는 결과는
위안이 되지만...

사실 지금 제 관계는
99%가 수동태예요.

거절이 두려워
먼저 다가가기보단
수동적인 관계에
익숙해지길 택했었거든요.

저도 이렇게 누군가에게 먼저 코칭 제안 메일을 보낸 게 작가님이 처음이었어요. '거절 많이 당해 보기'의 연습이었던 셈이죠.

코칭을 마친 뒤, 사례금까지도 한사코 거절하는 코치님이었다.

오늘 너무 감사했습니다. 코칭비는 어떻게 드리면 좋을까요...?

아유, 제게도 이 기회와 과정이 저의 용기를 확인할 수 있는 시간이었어요. 저는 그걸로 충분해요!

아무래도 그 모습에서 용기를 얻은 것 같다.

거절당하는 게 연습이라고 생각하니까... 왠지 용기가 생긴다.

단 한 번 칭찬의 힘

데일 카네기는 이렇게 말했다.

아홉 번의 지적보다 단 한 번의 칭찬이

좋은 그림이네요.

그 사람을 이끄는 데 더 큰 힘이 된다고.

훌쩍

너는 너, 나는 나

이젠 도무지 좁혀지지 않는
생각의 간극을

어떻게든 좁혀 보려 애쓰기보단

내가 느꼈던 솔직한 생각과 감정을 그 간극에
두고 오려고 하는 편이다.

163

나의 바닥

가끔 나는
누군가의 장례식을 떠올린다.

대상은 대개 나의 사람들,
혹은 그들에게 소중한 사람들이다.

부정 탄다는 소리를 들을까
어디 가서 함부로 꺼내지 못하는 생각이지만,
그런 비극적인 상황을 구체적으로 그리다 보면
지금의 소중함이 조금 더 또렷해진다.

상상만으로도 큰 슬픔에 잠기게 하는 이라면
그는 나에게 가늠할 수 없는
무게를 가진 존재이다.

무게는 용기를 준다.

더 깊은 곳으로 침잠할 용기.

마침내 가닿는 슬픔의 끝에서는
평평한 바닥을 만날 수 있다.

나를 기꺼이 자신의 친구, 연인, 가족으로
불러 주었던 그들의 마음을 닮은,

기어코 나를 다시 서게 하는,
세상에서 가장 넓고 평평한 바닥 말이다.

어떤 이별은 끈적하다

관계에 수명이 다했을 때,
어떤 한 문장이 오래도록 맘에 머물렀다.

"우리가 대단한 인연은 아니어도
아쉬운 인연일 수는 있잖아요."

내세나 운명 따위 믿지 않는
낭만 없는 사람이지만,
어쩌면 그래서 더 질척이는지도 모르겠다.

직접 보고, 듣고, 느꼈던 실체였으니까.

끊어진 관계는
여전히 서툴고 미련하게 끈적하다.

도무지 떼어지지 않아 손톱 끝으로 긁어 놓은
싸구려 스티커처럼.

미래의 나에게

3년 만에 작업실을 정리했다.

짐을 정리하다 그간의 추억과 생각이 담긴 여러 물건들을 발견하게 되었는데

왠지 모르게 생경한 느낌이 들었다.

꼭 다른 사람 물건 같네...

시간은 변한 게 없는 것 같은 나 자신도
낯선 존재로 만들어 버리곤 한다.

내가 이런 생각을 했었구나...

얘한테 편지도 받았었어?

옛날 내 그림은
이런 스타일이었네...?

멈춰 있는 것만 같은 오늘은
지나고 보면 낯선 얼굴이다.

미래의 나는 오늘의 나를
어떤 타인으로 받아들일까?

멋지다는 얘기를
건넬 수 있는
타인이었으면 좋겠다.

말 많이 하고 후회하는 날

말이 잘 통하는 사람을 만나면
곧 죽을 사람처럼 더 떠든다.

후...
신나게 떠들었네.

그리고 자주 후회한다.

...그 말은 괜히 했나?

연애하는 이유

지금 집중하고 있나요

몰입해서 운동을 하거나

그림을 그릴 때의 공통점은

어느 순간 그 행위에만
집중하게 된다는 것이다.

묘하게 편하다...

어쩌면 산다는 것도

어떤 대단한 목적을
이루기 위함이 아니라,

살아 있음 그 자체에 집중하는 것만으로
충분한 것은 아닐까.

들숨과 날숨 그걸로 충분해.

아프지 마, 엄마

아침에 몸을 가누지 못할 정도로
허리와 배가 아팠다는 엄마.

결국 가까이에 사는 누나에게 전화를 걸어
도움을 청해 구급차를 불렀고,

응급실에 실려 와 이런저런 검사를 받았다고 했다.

보호자되시죠? CT 보면서
결과 말씀드릴게요.

아, 네...

정말 다행히도 걱정했던 것보다
큰일은 아니었지만,

엄마, 다행이다.
좀 쉬엄쉬엄 가라는 신호인가 봐.

...이러해서
너무 걱정하지 않으셔도
됩니다.

오늘처럼 병원을 방문할 일이,

걸을 수 있겠어?

응, 괜찮아...

사랑하는 사람의 잔병치레가
점점 익숙해질 나이가 되어 가고 있는 것 같아

퍽 슬퍼진 하루.

아프지 말자, 엄마.

서른세 살, 아기입니다

어느 날 아빠가 물었다.

집에 다시 들어와서 살 생각 없니?

그냥 하는 말인 줄 알았는데
그날 오후에도, 다음 날 아침에도
같은 질문을 했다.

집에 들어와서
살 생각 없어?

...

결국 나도 되물었다.

왜? 나 다시 집에 들어와
살았으면 좋겠어?

독립한 지 겨우 1년 차,
아빠의 대답을 이해할 수 없었다.

너를 '열심히' 응원할게

열심히 사는 사람들을 좋아한다.

'열심히' 안에는 애정이 있다.

대상을 향한 관심, 잘 해내고 싶은 욕심,
작은 수확도 소중히 여기는 마음.

열심히 사는 사람들은 대개 뭐든 열심히 한다.

일도, 인간관계도, 취미도,
그냥 지나칠 수 있는 풍경까지도
눈과 마음에 열심히 담는다.

나의 부모님이 그러했고,

나의 가까운 친구들이 그러했으며,

나 또한 그러하다.

열심히 사는 사람들을 응원한다.

사랑하면 참지 않는다

올해 있었던 세 가지 서운함과 그 해결 방법을 공유해 보려 한다.

첫 번째는 단체 카톡방에서 있었던 일이다. 멤버 중 한 명이 속상한 일을 이야기하면서 상황은 시작되었다. 낯선 타인이 자신을 두고 한 추측성 발언에 화가 난 그는 단톡방에 감정을 쏟아 냈다. 그 과정에서 나와 관련된 이야기를 했고, 그 내용이 나를 불쾌하게 했다. 가만히 있다가 괜히 불똥 맞은 기분이었달까. 답장으로 불편한 기색을 내비쳤으나 미처 보질 못했는지 또다시 나에 대해 말하는 모습을 보고 참지 않고 바로 이야기했다.

"지금 상황이 불쾌한 건 공감하고 이해하는데, 애초에 나는 상관이 없던 일에 나를 끄집어내 그렇게 말하는 건 내가 좀 불편하네. 농담이어도 좀 그래."

곧바로 그에게서 전화가 왔고 사과를 받았다. 정말 그렇게 생각했을 수도 있겠다며, 먼저 보낸 답장은 통신 환경 때문에 확인을 놓쳤는데 답장을 봤다면 그리 말하지 않았을 거라고, 진심으로 미안하다고 했다. 나 또한 애초부터 그가 얼마나 기분이 나빴을지 상황이 가늠되어 이런 나의 감정을 굳이 꺼내야 하나 고민했지만, 지금 말하지 않으면 곪아서 나중에 터질지 몰라 용기 냈다고 답했다. 잘 받아 주어 고맙다는 인사도 잊지 않았다.

두 번째는 친구 모임에서 있었던 일이다. 친구의 지인을 처음 소개받는 자리였다. 자리에 나가기 전 준비를 하는 동안 친구가 가볍게 나에 대한 농담을 던졌다. 평소 가벼운 농담을 많이 주고받는 사이기에 웃어넘겼다. 이윽고 친구의 지인을 만나게 되었는데, 친구가 아까 나가기 전 했던 농담을 또 던졌다. 낯선 손님 앞에서 가까운 친구끼리 공유하는 농담을 받게 되니 조금 당황스러웠다. 문제를 제기하면 분위기가 어색해질 게 뻔하니 아까처럼 웃어넘기며 다음 장소로 향했는데, 친구는 그곳에서 또 두어 번 그 농담을 했다. 나를 웃음거리로 만들고 싶은 건가 하는 생각에 더 이상 참을 수 없었다. 손님이 있는 자리였지만 해야 할 말은 해야 했다.

"오늘 처음 보는 분이 계신데, 나에 대한 그런 농담을 왜 자꾸 하는 거야?"

곧바로 미안하다며 싹싹 비는 제스처를 취하는 친구 때문에 상황은 일단락되었지만, 그 주 주말이 되어서도 불쾌함은 가시지 않았다. 손님이 있어 미처 해결하지 못한 감정의 찌꺼기가 남아 있는 듯했다. 때마침 친구에게서 전화가 왔고, 이런저런 이야기를 하다 솔직하게 고백했다.

"나 솔직히 그날 엄청 불쾌했어."

그 감정 고백을 시작으로 그날 있었던 일들을 실타래처럼 한 올 한 올 풀고 나서야 비로소 감정이 해소됨을 느꼈다. 나의 한마디, 한마디마다 친구의 '미안해'가 피처링처럼 따라붙기도 했지만, 내가 바라는 건 사과의 액션이 아닌 내가 느꼈을 감정에 대한 진정한 이해와 공감이었음을 깨닫는 순간이었다.

마지막은 가장 최근, 함께 여행 유튜브를 시작하게 된 친구와 있었던 일이다. 첫 여행을 마치고 촬영분을 편집하는 첫날, 일을 하는 과정에서 생긴 배려의 부재로 섭섭함을 느꼈다. 배려라는 영역은 사람마다 워낙 온도 차가 크기에 이 섭섭함을 그냥 삼켜야 하나 고민했지만, 앞으로 함께 일하게 될 관계라 생각하니 잠깐의 불편함을 참고서라도 말을 해야겠다 싶었다.

달리기를 마치고 돌아오는 길에 친구에게 전화를 걸었다. 달릴 때는 머릿속에서 선명해졌던 생각도 본론을 이야기하는 순간엔 길을 잃고 뱅뱅 돌아 결국 꽤 큰 용기를 내야만 했다. 용기 안에는 나에 대한 평판이나, 감정, 관계의 균열까지도 감수해야 하는 내가 있었다. 다시 말해, 옹졸한 사람이 되고 싶지 않았던 거겠지.

"나는 네가 그렇게 행동할 때 배려가 없다고 느껴서 섭섭해. 우리 앞으로 함께 일을 해야 하니까, 불편해도 오늘 말해야겠다 싶었어."

내 말을 차분히 듣던 친구는 자신은 전혀 그런 의도가 없었지만 네가 그렇게 느꼈다는 게 중요하다며, 정말 미안하고 앞으로 신경 쓰겠다 말해 주었다. 내 행동이 타인에게 다른 의도로 읽혔을 때 나의 마음은 어떠했는가 반추하게 하는 대답이었다. 내 마음을 공감하고 이해해 준 친구에게 고맙기도 했지만, 그제야 모습을 드러내는 나의 옹졸한 자아에 머쓱함을 느껴 서로 한참을 웃었다.

이 짧은 세 가지 일화의 유일한 공통점은, 용기 내어 내 감정을 솔직히 고백했다는 것. 모든 사람이 그 감정을 받아들여 줬다는 것. 그 바탕에는 사랑이 있었다는 사실이다.

성경에 이런 구절이 있다.

사랑은 오래 참고, 친절합니다.

사랑은 시기하지 않으며, 뽐내지 않으며, 교만하
지 않습니다.
사랑은 무례하지 않으며, 자기의 이익을 구하지
않으며, 성을 내지 않으며, 원한을 품지 않습니다.
사랑은 불의를 기뻐하지 않으며, 진리와 함께 기
뻐합니다.
사랑은 모든 것을 덮어 주며, 모든 것을 믿으며,
모든 것을 바라며, 모든 것을 견딥니다.

-⟨고린도전서⟩ 13장

성경 말씀에 따르면 내 감정을 솔직히 드러내는 일
은 참을성과는 거리가 멀고, 어쩌면 무례할 수도 있으
며, 타인의 상황을 온전히 감싸 주지도 못했기에 사랑
일 수 없다. 성경에서 말하는 사랑의 정의가 진리라면,
현대인들에게 사랑은 지나치게 가혹한 것이 아닐까 생
각했다.

사랑의 규격에 맞춰 나의 감정이 잘려 나가던 순간
들이 있다. 그 과정에서 언제나 뒷전이 되는 것은 나 자
신의 안위였으며, 결국 시간이 흐른 뒤 한꺼번에 터져
손쓸 수 없는 지경에 이르곤 했다. 사랑이라 믿고 참고
참았던 감정이 마침내 터졌을 땐, 두 번 다시 이을 수도
없게 엉망이 되고야 만다.

누군가가 그건 사랑이 아니었다고 한다면 달리 할 말은 없지만, 내가 아는 한 모든 걸 참고, 친절하고, 견딜 줄 아는 존재는 돌밖에 없기에 돌이 사랑이라면… 굳이 돌이 되진 않고 싶다. 내 안에 피어나는 감정, 설령 그게 예쁜 모양이 아니더라도 건강하게 발화하고 관계 맺으며 해결책을 찾고 싶다. 물론 그 바탕엔 가능하면 오래도록 관계를 유지하고 싶은 내 사람들이 있을 것이다. 내가 사랑하는 사람들 말이다. 이것이 내가 배운 사랑이다.

그런 의미에서 무례를 무릅쓰고 감히 성경 구절의 일부를 내 식으로 다시 적어 본다.

사랑은 참지 않고, 표현할 줄도 압니다.
사랑은 가끔 무례를 범하기도 하며, 자신의 이익을 좇을 때도, 화를 낼 때도 있습니다.
사랑은 모든 것을 덮어 줄 수 없어, 미움받을 용기를 동반합니다.
참지 않아도, 사랑이어라.

그림일기 2 줄수록 커지는 이상한 감정

여행을 참 좋아하는 나지만
여행을 다닐 때마다 늘 따라붙는
부담이 있다.

이 좋은 걸...
나 혼자만
보고 즐겨도 될까?

죄책감 느껴져...

이유 모를 부채감이 나를 괴롭힐 때마다
현실을 호도하기도 했지만,

내 돈으로
내 시간 내어
나온 건데, 뭐...

미안해 할 필요가
뭐 있어.

결국엔 갚아야만 한단 사실은
누구보다 내가 잘 알고 있었다.

그것이 난생 처음
엄마와 스페인 여행을 떠난 배경이었다.

드디어
갚을 수 있겠어..!

막상 스페인에 도착하자 내가 마주한 감정은
빚을 청산한 해방감이 아닌,

소녀처럼 기뻐하는 엄마를 통해
전염되는 행복이었지만.

엄마한테
큰 선물이 된 것 같아
내가 더 행복하다.

내가 사랑하는 더 많은 이들에게
선물하고 싶어졌다.
내가 경험했던 낯선 희열의 순간들을.

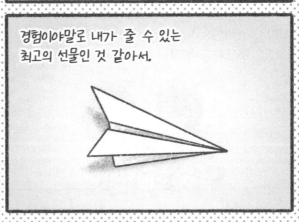

경험이야말로 내가 줄 수 있는
최고의 선물인 것 같아서.

그렇게 조카들과
오키나와 여행을 떠나게 되었다.

2

처음 해외로 가족 여행을 떠났던 건
6년 전이다.

나 제대하면
가족끼리 교토 여행가자!

지금 다시 생각해 봐도 무리한 조건이었다.

교토~?

아빠
(항암 치료 중)

엄마
(컨디션 난조)

지오
(2세)

누나
(둘째 임신 중)

그럼에도 혼자 경험했던 여행의 기쁨을
가족들도 꼭 느꼈으면 하는 마음으로 추진했다.

가을 교토 단풍이
그렇게 예쁘다며?

교토는 세 번째니까
잘 안내할 수 있을 거야.

가족을 돌봐야 하는 보호자이자
여행 통솔자라는 부담감이 상당했던 모양이다.

여행 내내 끌어안았던 책임감이
무사히 마쳤다는 안도감과 함께 터져
하염없이 쏟아져 내렸다.

그러나 이번은 경력직 가족 여행.
아이들도 어느 정도 컸고,

한 번 경험해 봤기에 일정대로
순탄히 흘러갔다.

이번엔 선물다운 선물이 되었을까?

여행의 마지막 날,
지오에게 들은 이야기로는

삼촌...

감히 그렇다고 여겨도 될 것 같다.

꿈같아요.

응? 뭐가?

우리가 여기 있는 게 꿈같아요!

3

미용인을 꿈꿨던 누나는 자격증을 딴 뒤
미용실에서 일했다.

외모를 꾸미는 데도 관심이 많았던 누나.
SNS 피드에 채워진 사진도
셀카 혹은 친구들과
추억이 담긴 사진 위주였다.

언젠가부터 누나의 피드는
아이들 사진과 영상으로 가득하다.

셀카는커녕 누나가 나온 사진도
보기 어려워졌다.

그땐 단순히 누나의 삶에 아이들의 의미가
대단해졌다고만 여겼던 것 같다.

막상 아이들과 24시간 붙어 여행하다 보니
단번에 납득이 가는 변화였다.

아이들과 함께 있을 땐
나의 선택은 차선으로
밀리는 게 당연했다.

대부분의 상황에서 선택의 1순위 기준이
늘 자신이었던 나에겐 생각이 많아지는 순간이었다.

당연하게 포기했을
누나의 선택들이 떠올랐다.

그날만큼은 누나의 독사진을 찍어 주고 싶었다.

누나, 여기 봐 봐!

어?

그 순간마저도 아이들을 부르는 누나였지만.

4

오키나와 숙소 바로 앞엔 바다가 있었다.

아이들 때문에 바다가 가까운 숙소를 선택했지만 도착했을 땐 다들 녹초...

아휴...

드디어 도착했네..

가 된 줄 알았는데 한 사람만은 멀쩡했다.

푭..

바다다! 바다 들어갈래요~!

서우의 고집에 못 이겨 나가게 된
숙소 앞 프라이빗 비치는 안 나오면
후회했을 정도로 아름다웠다.

막상 나오니까
피곤함이 가신다.

수평선 너머로 저무는 석양을 바라보던 누나는
감상에 젖어 한마디를 더 했다.

네가 얼마 전에
혼자 여행 다닐 때
가족들 생각나서
마음이 무겁다고
했었잖아.

그땐 그러려니 했는데
그게 어떤 마음이었는지
지금 너무 공감된다?

오빠도 같이 왔으면
참 좋았겠다 싶어.

...너무 좋다.

쏴아아ー

여행을 마친 뒤,
매형은 공항으로 마중을 나왔다.

아빠~

만나자마자 투닥대던 둘이었다.

말을
왜 그렇게 해?

아니, 뭐,
그렇다는 얘기지~

5

나는 이타적인 성격과는
거리가 멀다.

상대가 주는 사랑의 크기가 확인되기 전까진
나의 것을 주는 데 망설임이 많은 편이다.

고백하건대 가족에게도 마찬가지였다.

가족이 내게 주는 사랑이 이해가 가지 않아
늘 빚을 지며 사는 기분이었다.

부채감은 나를 책임감이 강한 한 사람으로
독립시키는 데에 힘을 실었지만,

한편으론 사랑을 이해하기
더 어렵게 만들었던 것 같다.

언젠가부터 완전히 홀로 서게 되며
그 빚을 갚을 수 있는 때가 되자

가족이 내게 줬던 사랑이 무엇이었는지
조금씩 이해하고 있다.

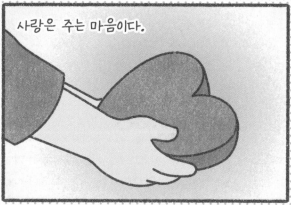

사랑은 주는 마음이다.

주면 줄수록 내가 커지는 마음이다.

내 마음의 곳간이 비워질까,

다시 채우지 못할까 걱정했던
아낌 없는 사랑이

이제는 두렵지 않다.

가족이 확인시켜 준 나의 책임감.
사랑 그 이후의 모든 감정을 감당할 만한
깜냥이 생겨 버린 나의 오늘이다.

Part 3

약한 게 아니라
나다운 거야

나만의 그림을 시작하는 법

그림을 어떻게 시작하냐는 질문을 많이 받는다.

그림 그리고 싶은데...
어떻게 시작하면 좋을까요?

그럴 때마다 항상 똑같이 답한다.

최대한...
부담 없이 시작하세요.

새로운 장비나 재료를 구입할 필요 없다.
이미 집에 있는 장비와
재료들로 시작한다.

고등학교 때 샀던 태블릿,
애니고 입시 때 쓰던
수채화 물감...
다 그대로 있었네.

가진 재료 안에서 꾸준히 그리다 보면
재미가 붙고, 앞으로도 이 작업을
계속할 수 있겠다는 확신이 생긴다.
이때, 새로운 재료를
필요로 하는 순간이 온다.

도저히 이걸로 못하겠다.
업그레이드가 필요해!

모든 일이 마찬가지인 것 같다.

거창한 준비는 시작에
불을 붙이기 어렵게 한다.

뭔가... 엄청난 걸
그려야만 할 것 같다.

왕부담

'나'라는 사람은 무엇으로도 대체할 수 없는
유일무이한 재료다.

나라는 재료의 가능성을 믿고,
최대한 가볍게 시작해 보자.

가볍게 시작한 만큼
쉽게 지치지 않을 것이다.

다행이야, 처음이라서

나이를 먹으면
처음 하는 것에 대한 두려움이 커진다는데

어째서인지 요즘의 나는
다양하게 마주하는 처음 앞에서

두려움보다 설렘이 앞선다.

어김없이 무언가를 '처음' 해 보고
집으로 돌아오는 길,

건물 사이로 저무는 하늘을 보며 생각했다.

다행이야.

아직 해 보지 않은 처음이 많이 남아 있어서.

그만큼 설렐 일이 많이 남아 있어서.

218

단단한 거품

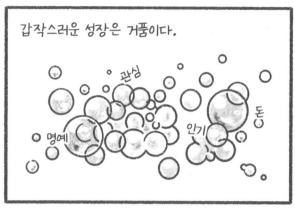

갑작스러운 성장은 거품이다.

관심

명예

인기

돈

거품은 가만두면 꺼지지만

뽁

뽁

정성을 담아

열심히 더 저어

뜨거운 열을 가해 주면

단단해지기도 한다.

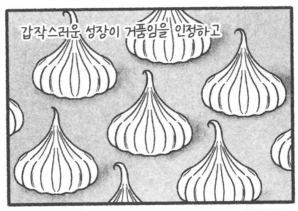

갑작스러운 성장이 거품임을 인정하고

더 단단히 만드는 일.

그 후의 달콤함은 즐길 자격이 있을지도.

나에게 후회하지 않기 위해서

해 볼 수 있는 데까지 해 보는 이유는 결국 나를 위해서다.

설령 그 일이 실패로 돌아간다 하더라도, 후회나 미련을 남기고 싶지 않으니까.

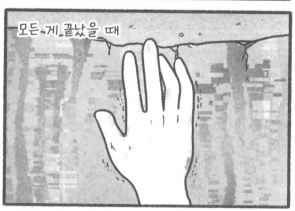

모든 게 끝났을 때

처참하게 무너지고 싶지 않다.

하릴없이 망가지고 싶지 않다.

그러지 못했던 과거의 나를 떠올리며

자책의 굴레에서 허우적대고 싶지 않다.

나를 위해서.

생각 서랍장

나는 여러 개의 SNS 계정을 갖고 있다.

계정의 용도는 전부 다르다.

인스타툰　사진　일러스트

일상　영감　일기

어느 날 친구가 물었다.

왜 이렇게 계정을 많이 만들어 놨어?

글쎄... 만들기만 했지, 왜 이렇게 많이 만들었는지는 한 번도 생각 안 해 봤는데...

마음에도 서랍이 필요했던 건 아닐까?

서랍?

나란 사람의 몸뚱이는 하나뿐인데,

머릿속에서 가지를 치는 생각들은 너무 많더라고.

내가 뿌린 빵 조각들

글을 쓰던 어느 날, 문득 이런 생각이 들었다.

나는 왜 글을 쓰는 걸까?

그에 대한 답을 작년의 기록에서 찾았다.

인스타그램, 브런치, 메모장 등 다양한 곳에
간헐적으로 적어 놨던 나의 글들이
꼭 빵 조각 같았기 때문이다.

동화 《헨젤과 그레텔》에 나오는
빵 조각 있지 않은가.

길을 잃을까 봐 조금씩 떼어
바닥에 흩뿌리고 다녔다던
그 빵 조각.

내가 쓴 게 맞나 싶은 낯선 글들을 마주하니
흐린 안개 같던 작년 한 해가,

나라는 사람이 조금 더 또렷해졌다.

아무리 하찮은 기록이라도 언젠가는
하나의 목적지를 향한
빵 조각이 될 거라는 믿음,

그게 내가 글을 쓰는 이유였다.

앞으로의 기록에 더 성실해지고 싶다.
빵 조각들이 촘촘할수록
앞으로 내가 가야 할 길도 조금 더 선명히 보일 테니.

그래서 내게 글은 빵 조각이다.

어디쯤 왔는지, 어디로 가야 하는지,
어떻게 살아야 하는지 힌트가 되어 주는
빵 조각.

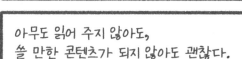

아무도 읽어 주지 않아도,
쓸 만한 콘텐츠가 되지 않아도 괜찮다.

적어도 단 한 사람, 미래의 나는
내가 뿌린 빵 조각을 따라와 줄 테니 말이다.

무엇을 택하든 정답이 될 거야

프리랜서 생활 n년 차,
프리랜서로 살아가며 터득한
가장 큰 수확은

하암—

선택의 순간에 고민이 적어졌다는 것이다.

양상추가
좀 남았네...

샐러드 파스타 해 먹고,
출근해서 마감 먼저 끝내고...

프리랜서의 삶은 모래시계와 같아서,

스스로 나서서 일을 꾸미지 않는 이상
쏟아지는 모래 속에 잠식될 수밖에 없다.

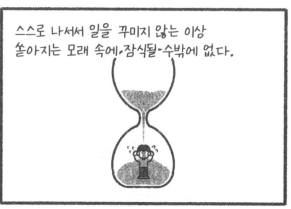

가끔은 막막하게 느껴지기도 하지만,

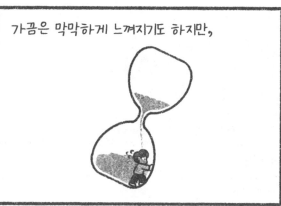

어떠한 일이든 '선택의 문제'라고
생각하는 순간

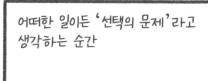

훨씬 명료해진다.

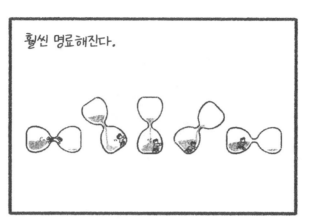

벽에 가로막힌 것만 같은 모든 순간,
선택지 중 하나를 고르기만 하면 된다고
여길 수 있다면

어, 막혔네.

1번, 되돌아간다.
2번, 사다리를 가져온다.
3번, 폭파한다.

이 망망대해 같은 삶 그 자체에도
더욱 명료한 길이 보이지 않을까.

1번! 되돌아간다!

휙

성공과 연애의 공통점

내게 성공이란
좋은 연애 상대를 만나는 일과 같다.

제아무리 좋은 조건이라 해도

나를 사랑해 주지 않는 사람이라면
아무 의미 없는 게 연애이듯,

234

제아무리 번지르르한 삶이어도

그 삶이 나를 사랑해 주지 않으면
아무 의미가 없다.

절대적인 줄만 알았던 세상의 기준이

모두에게 상응하지만은 않는
이유인 것 같기도 하다.

나에게 맞는 삶을 찾고 싶다.

나를 사랑해 줄,
내게 맞는 좋은 연애 상대를 고르듯이.

그게 성공이라 믿는다.

내가 믿는 구석

운동해야 하는 이유

장점을 발견하는 법

아니, 장점이란 햇살을 반사하여
빛나는 달과 같아

태양 같은 눈으로 바라봐 주는 이들이 있어야
밝게 빛날 수 있는지도 모른다.

용기 내어 나를 드러낼수록
나의 장점이 많아질지도 모르겠다.

내 곁엔 밝게 빛나는 눈으로
나를 봐 주는 이들이 이렇게나 많이 있으니...!

와아ー   와ー!!

확실한 쪽을 택하기로 했다

그런 이유와 상관없이 끊임없이 바쁜
주변 프리랜서들을 보면 다시 주눅 들곤 했었다.

더 불안해지기 전에 손을 쓰기로 했다.

내 힘으로 변화시킬 수 있는 유일한 존재,
나 자신을 변화시키기로 한 것이다.

그래서일까. 요즘의 일상은 활기로 가득하다.

독서

다양한
콘텐츠 시청

운동

글쓰기

불안이 비집고 들어올 틈이 없을 정도로.

일이 없어 불안한 시기,
오히려 내가
발전할 수 있는 시간일 수도!

더 단단해진 미래의 내가
쓰고 그릴 글과 그림이 더 기대된다.

쉽게 무너지지 않아!

나의 희망

삶이 뒤틀렸다고 느낄 때가 있다.

분명히 잘못된 방향으로 향하는
일련의 상황이나 사건 앞에서 무력해질 때,
삶의 어딘가가 뒤틀렸다고 느낀다.

산다는 게 겨우 하루하루의 숙제를
끝내는 것에 지나지 않는다는 사실을 알았을 때,

삶이 연할극과 다름없다는 사실을
알았을 때,

나를 기다리고 있던 것은
지난한 허무였다.

허무한 공기가 폐 속 가득 차오를 때마다
저마다의 삶에 몰입하는 모든 이에게
경이로움을 느낀다.

이 넓은 우주에
잠시 점 하나 찍고 가는 존재들일 뿐인데,
이토록 분노하고 슬퍼하고 기뻐하고
아파할 수 있다니.

실로 경이로운 일이 아닐 수 없다.

허무해질수록 희망을 말하고 싶은
이유이기도 하다.

상냥한 사람

자전거를 타고 집에 가던 길,
맞은편의 자전거와 부딪칠 뻔했는데...

끼익! 어어!!!

그 자전거를 타고 있던 아저씨가
욕을 하고 지나갔다.

XXX....

(내 잘못 아님.)

설령 나한테 하는 욕이 아니었다 해도,
그 불쾌한 표정과 욕설이 너무 적나라해서
순간적으로 기분이 너무 상했다.

무슨 면전에 대고
욕을 그렇게 하냐...

그 단순한 인사 한마디에
기분이 너무 좋아졌다.

인사하고 싶어서
눈치 봤던 거구나...
귀여워라.

나의 말 한마디로
누군가의 기분을 좌지우지할 수 있다면,

나는 감정이 앞선 욕설이 아닌
먼저 건네는 인사를 택하고 싶다.

스쳐 지나가는 사람들에게
나는 얼마나 상냥했을까?

생각보다 쉬울지 몰라

언젠가부터 새로 산 만년필에서
잉크가 샜다.

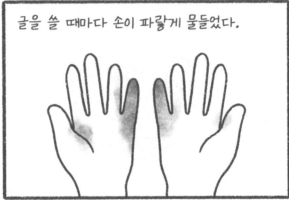

글을 쓸 때마다 손이 파랗게 물들었다.

만년필이 원래 이런 건가 싶어
그때마다 물티슈로 닦아 가며
사용한 지도 어느덧 몇 개월째...

으...

여느 날처럼 글을 쓰다 문득 의문을 풀게 되었다.

이거... 못 고치나?

검색해 보니 친절히 안내된 AS 절차를
쉽게 확인할 수 있었다.

AS

그날 바로 AS를 맡겼고,

안에 뭐 들어 있어요?

만년필이요.

POST OFF

몇 주 뒤, 더 이상 잉크가 새지 않는
만년필을 받게 되었다.

무뎌진 줄 알았던
지난 여러 불편함들이 떠올랐다.

...불편함에 무뎌져
괜찮다고 생각하며 살았는데...
이렇게 단순하게
편해질 수 있는 거였잖아...

이제 불편한 게 있다면
더 적극적으로 고치려고
시도해 봐야겠다.
생각보다 너무 쉬울지도 몰라.

나를 가장 잘 아는 사람

내가 가진 재료를 가장 잘 아는 사람은
나 자신이다.

저, 죄송하지만
제가 할게요.

그러세요, 그럼.

그러니 시간이 더 걸리더라도
천천히 씻고, 자르고, 푹 끓이자.

탁―

탁

서툰 솜씨로 실수를 한다고 해도

으악!

쏴―

x

257

그 실수조차 온전히 나의 것이니
발전은 더 빠를 수밖에 없다.

음...
좀 짠가?

결국 맛있는 요리가 완성될 거라는
믿음도 함께한다면

그렇다면 여기에
이걸 더 넣고...

적어도 후회는 없는 결과로 완성될 것이다.

오!

나쁘지 않은데?

내 기분은 내가 정한다

'기분대로 사는 거 그만하고 싶다'라고
생각한 어느 날,

불현듯 찾아온 깨달음.

내 기분 정도는
내가 정할 수 있을지도...!

그래서 생각해 본 내가 내 기분을 만드는 법!

첫 번째, 일어나자마자
내키는 대로 춤추기.

롤루랄라

두 번째, 브이로거처럼 식사 만들어 먹기.

오늘은 제가~ 브런치를 먹어 보겠습니다!

세 번째, 거울 보며 자신감 넘치는 포즈 지어 보기.

기분이 나쁠 땐 거울을 보면서 이 포즈를 따라 해 보세요.

네 번째, 처음 보는 길 산책하기.

오늘은 좀 돌아서 가 볼까~

다섯 번째, 주변 사람들에게
평소보다 훨씬 더 살갑게 대하기.

야, 보고 싶었어~

....??? 왜 그래?
오늘따라 왜 이리
텐션이 높은 거야...?

이렇게 하면
기분이 좋거든요!

부담스러워도 하는 이유

나는 용두사미형 인간이다.

거창하게 시작한 일을
제대로 마무리 지은 적이
별로 없다는 뜻이다.

이제 재미없어.

새로운 일을 시작할 때,
'부담 갖지 않기'를 가장 중요한 조건으로
따지게 된 이유이기도 하다.

이젠 눈 감고도 한다.

부담이 없어야
꾸준히 할 수 있을 거라 생각했으니까.

부담 없는 비슷한 일만 해 온 지 몇 년째...
또 다른 문제가 생겼으니...

재미가 없어...ㅠㅠ

그동안 부담 없는 것만
해 왔으니까...

해 보고 싶었지만
부담돼서 피했던 일들을
한번 해 볼까...?

오랜만에 부담을 지기 싫어 미뤘던,
시간도, 에너지도 많이 쓰이지만
하고 싶었던 일들을 해 보기로 했다.

정말 재밌었다.
재미를 느끼니 시간이, 에너지가 얼만큼 드는지
따위는 신경 쓰이지 않았다.

하고 싶은 일 앞에서 더 과감해져도 될 것 같다.
재미는 부담이란 장애물마저도 도전 정신으로
만들어 주니까.

계획은 약속이 아니라 지도야

꼭 지켜야만 하는 '약속'이 아닌,
가는 방향만 알려 주는 '지도' 같은 계획 말이다.

어차피 못 지킬 수도 있는 계획,
그 방향으로 가는 길이라도 알면, 좋지 않은가.

계획이란 거, 애초부터
덜 헤매기 위해 세우려던 거니까!

NEW YEAR

기쁨도 슬픔도 모두 한철

최근 일주일동안 정신없이 놀았다.

부어라

마셔라

이렇게 놀기만 해도 괜찮은가 싶어 슬슬 불안해지던 찰나,

이렇게 비생산적으로 살아도 괜찮은 걸까...

벌써 벚꽃이 지기 시작했다.

다 한철이다.

정신없이 노는 시절도, 불안한 순간도,
내게 주어진 오늘 이 하루도

다 한철이다.

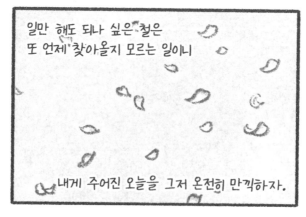

일만 해도 되나 싶은 철은
또 언제 찾아올지 모르는 일이니

내게 주어진 오늘을 그저 온전히 만끽하자.

삶에 이름을 붙여 주고 있나요

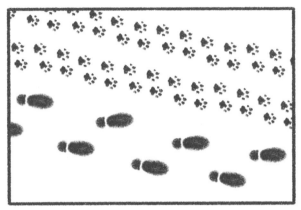

나로 살아갈 용기

이 몸도 30년을 넘게 쓰다 보니 루틴이랄까, 아니, 작동법 같은 게 생긴 모양이다. 제때 먹이고, 비우고, 재우지 않아 망가지는 일이 잦은 걸 보면 정말 그렇다. 사용 설명서 같은 매뉴얼이라도 필요해진 것일까? 생각해 보면 라면 한 봉지에도 맛있게 끓이는 방법이 적혀 있는데, 애초에 이 한 몸 태어나며 사용 방법이 단 한 줄도 새겨지지 않았단 사실이 퍽 놀랍다. 조물주께서 나를 빚어 내며 의도하신 바가 오로지 D.I.Y였다면, 그래, 좋다. 내가 한번 적어 보련다. 나를 사용하는 방법, 나 사용법.

〈나 사용법〉

1. 아침에 일어나 밥 차려 주시오. (미충전 시 헛소리 등 오작동할 수 있음.)

2. 양치할 때 마지막에 치실 빼먹지 마시오. (충치는 AS 안 됨.)

3. 식사 후 되도록 한 시간 내에 출근시키시오. (그 이상 지나면 귀찮아서 재택근무 후 나태함으로 이어질 위험 있음.)

4. 마음에 여유가 없으면 그냥 택시 태우시오. (시간에 쫓겨 예민해지면 주변에 피해 줄 수 있음.)

5. 저녁은 너무 자극적이지 않은 음식으로 먹이시오. (서비스 보증 기간이 지나 소화 기관이 낙후되었음.)

6. 귀찮더라도 운동은 꼭 시키시오. (운동 기능을 오래 사용하지 않으면 갑자기 고장 날 위험 있음.)

7. 머리는 한 달에 한 번 잘라 주시오. (깜빡하면 '거지존'을 면할 수 없음.)

8. 3개월마다 한 번씩 여행 보내시오. (그렇지 않을 시 스트레스로 작동 멈출 위험 있음.)

9. 수시로 귀여운 걸 보여 주시오. (최대 한 시간은 연장하여 작동 가능함.)

10. 잠은 새벽 1시 전에 재우시오. (*주의: 손에 휴대폰을 쥐여 주지 말 것.)

나이를 먹을수록 나라는 사람을 하나의 또 다른 대상으로 보게 된다. 무엇을 먹여야 하는지, 입혀야 하는지, 언제 깨우고 재워야 하는지, 무엇이 좋은지, 싫은지 누구도 알려 주지 않는 나만의 정보가 내 안에 차곡차곡 쌓여 제법 구색을 갖춘 사용 설명서가 되어 이제야 비로소 제 손에 쥐어진 기분이다.

좋고 싫음이 분명해진 영역은 리모컨의 on, off 버튼마냥 한번에 해결되기도 하지만, 도무지 알 수 없는 영역 또한 존재한다. 서른이 넘어서도 새로이 발견하는 나의 모습이 신기해 〈나 사용법〉에 새로운 리스트를 적어 나간다. 벌써 오늘도 몇 개 적었다. 눈을 크게 치켜뜨니 이마에 주름이 몇 개 잡히더라. 과거엔 없었던 것 같은데, 이게 나이를 먹는 건가 싶어 되도록 이마에 힘을 주지 않기로 했다. 오늘 새로이 추가된 '나 사용법'이다.

이마 주름과 같은 하드웨어뿐 아니라 소프트웨어, 즉 마음의 영역에도 사용 방법이 존재할 테다. 나처럼 생각이 많은 이들은 특히 마음에 세심한 관리와 각별한 주의가 필요하다. 불안, 두려움 같은 해로운 바이러스에 감염되는 순간 마음이라는 소프트웨어는 물론 몸이라는 하드웨어마저 좀먹어 버리지 않는가. 아쉽게도 아직까지 제대로 된 마음 설명서는 가지지 못한 것 같다. (업데이트가 덜 된 것일까?)

불안이나 우울 같은 무력한 마음이 특히 그러하다. 서둘러 손을 쓰지 않으면 몸 자체까지 망가진다. 아무 음식이나 입에 집어넣고, 늘어 가는 뱃살은 바닥에 딱 달라붙어 떨어지려 하지 않으며, 턱 끝까지 내려앉은 다크서클은 흡사 푸바오를 연상케 한다. (푸바오는 귀엽기라도 하지.) 일찍이 마음에서 해결할 수 있었던 일들이 몸 전체로 번져 나가면 나의 효용과 가능성까지 박탈해 버린다. 그 지경이 되고 나서야 깨닫는다.

'나 망한 건가?'

어쩌면 그건 일종의 경고음일지도 모르겠다.

그럴 때일수록 나는 다시 하드웨어를 점검한다. 경험상 마음에서 생긴 일을 오로지 마음에서 해결하려 할 때 더한 어려움을 겪었다. 주체할 수 없이 흘러내리는 생각을 서둘러 닦아 내지 않을 때 마음은 빠르게 낡아간다. 당연한 일이다. 하나뿐인 메모리로 두 가지 일을 처리할 때 컴퓨터가 느려지는 것은 당연한 일이 아니겠는가. 마음에서 생긴 일을 마음으로만 해결하기란 소프트웨어에 지나친 부담이지 않을까 싶다. 비싼 돈을 주고 프리미엄 버전을 구입할 게 아니라면(예를 들어 비즈니스 클래스 항공권이라든지, 5성급 호텔의 디너 코스라든지. 돈을 쓰면 소프트웨어도 말랑말랑해진다.) 가지고 있는 하드웨어를 점검하는 편이 가성비가 좋다.

생각해 보면 의지만으로 마음을 통제할 수 없는 게 당연한데, 나는 가끔 그렇게 당연한 일 앞에 당연하지 않은 것들을 기대한다. 그래서 그 결과가 기대와 다를 때 무력해진 마음은 독이 된다.

'나 사용법'은 스트레칭에 가깝다. 근육을 충분히 늘려 주지 않은 채 운동을 시작하면 쉽게 다치는 것처럼 마음이 쉽게 끊어지지 않길 바란다면 기본을 챙기며 스스로를 돌봐야 한다. 제때 먹이고, 재우고, 깨우고, 씻기고, 비우고. 그런 내가 쌓일수록 몸과 마음은 유연해진다. 유연할수록 쉽게 부러지지 않는다. 딱딱해진 독 덩어리를 녹일 수 있는 유일한 유연함이다.

삶이란 한평생 나를 키우는 일이다. 일과 관계에 치여 가끔 나를 잊고 살기도 하지만, 결국 뻗어 나간 그 모든 가지는 '나'라는 한 사람으로 귀결된다. 어떤 일을 시작할지, 어떤 사람과 사랑을 할지, 어떤 가치관을 가질지, 그 선택은 죽을 때까지 데리고 살아야 할 나의 몫이다.

그렇게 생각하면 이렇게 살아라, 저렇게 살아라 말하는 세상의 목소리가 우스워지기도 한다. 100명의 사람이 있다면, 100가지의 '나 사용법'이 있을 텐데. 획일화된 사용 설명서를 갖고 태어났다면, 우리의 생김새도, 성격도, 이름도 다를 이유가 없다.

나는 매일 아침 노트 세 쪽을 채워야 하는 '모닝 페이지'라는 일기를 쓰고 있는데, 이 글을 적다 보니 모닝 페이지가 하루하루 나의 사용 방법을 점검하는 관리 일지 같다는 생각이 들었다. 내용은 대개 전날 있었던 부정적인 감정이나 남들에게는 꺼내기 어려운 속이야기로, 적고 나면 깨끗이 정수된 마음으로 하루를 시작할 수 있다.

바쁜 날엔 가끔 건너뛰기도 하는데 그런 날이 많아질수록 예상치 못했던 곳에서 누수가 발생한다. 별것 아닌 매일의 단순함이 눈치채지 못한 사이 삶을 지탱하는 기둥이 된 모양이다. 무엇이 되었든 매일이 반복되면 해 볼 만한 무언가가 된다. 나는 그것을 '용기'라 부르고 싶다.

레시피만 잘 따르면 그럴듯한 음식이 만들어지는 것처럼, 나란 사람도 순서에 맞게 사용하다 보면 언젠간 그럴듯한 무언가가 되어 있지 않을까 기대해 본다. 튜토리얼만 따르면 용기가 생기는 삶, 꽤 욕심나지 않는가.

그림일기 3 이제는 나와 잘 지내보겠습니다

지난 주말, 독립하며 새집으로 이사를 왔다.

(매형)

(아빠)

짐 정리를 마무리하며 찬장에 시선이 닿았다.
거기서 내가 나와서 살아야만 했던 이유에 대한
답을 얻었다.

내가 고른 나의 컵들.

본가에선 가족들의 컵과 한데 섞여 있었다.

누군가와 함께 산다는 건
그 찬장 속 풍경과 비슷한 것이 아닐까.

각자의 취향과
상황이 한데 뒤섞인,
풍성하지만 각각의 색은 불분명해지는...

오롯한 내 취향으로 선택한 컵이
나의 의지와 상관없이 다양한 컵과
뒤섞였던 것처럼,

본가에서의 나는 내 선택의 영역에서 벗어난
모든 상황에 불편을 느끼고 있었다.

달그락
달그락

적어도 나의 공간에서만큼은
내가 원해서 고른 선택지만을 들이고 싶다.

그게 내가 나와서 살고 싶어 했던 이유다.

2

독립 3주 차에 깨달은 사실이 있다.

위잉~

나는 혼자 사는 게
체질이구나...!

부모님과 함께 살았을 땐

알아서 되어 있는 일이 많았기에

집에 오면 늘 뒹굴대는 나의 게으름이
천성으로 느껴진 적이 많았는데

이대로 녹아 버리고 싶다...

독립하니 스스로가 낯설 만큼 부지런하다.

결국 모든 일은 책임의 문제라는
생각이 들었다.

칙 칙

이곳이 내 공간이라는 주인의식이 있으니
부지런히 움직이게 되는 것이다.

내 거니까
책임지고 관리하자...

그나저나 내 몸에도
주인의식이 생겨야 할 텐데...

그렇지 않고서야 이렇게 매일
술을 들이부을 리가...

독립하면서 꿈꿨던 로망 중 하나는

지인들을 내 공간에 초대하는 것이었다.

어서 와!

영업 종료 시각 신경 쓰지 않고
놀고 싶을 때까지 맛있는 술과 음식을
나눠 먹으면 얼마나 좋을까?

그 오랜 소망이 독립을 하고서야 이뤄진 것이다.

처음에는 단순히 내가 편하게 놀고 싶어
꿈꿔 온 일인 줄 알았지만,
몇몇 지인을 초대하며 알게 됐다.

지인들이 내 공간에서
제집처럼 편하게 쉬고 가거나

즐겁게 지내다 간 것 같다고 느껴지면

묘한 쾌감이 생긴다는 것을...

흐뭇—

독립 초창기라 집들이도 잦고
초대할 사람도 많다는 걸 알고 있어서

뒤통수가 따가운데...

그 어떤 때보다
감사한 시간을 보내고 있는 요즘이다.

아침 먹을래?

4

식물을 사기 위해 구경하던 중
조언을 들었다.

키우기 쉬운 것부터
먼저 키워~
예쁘다고 아무거나
막 사들이지 말고.

식물 사려고
보는 중이야!

큰 고민 없이 가구와 살림살이를 샀을 때도
들었던 조언이다.

한꺼번에 사지 말고
하나하나 사서 채워~

그 조언을 가벼이 여겼던 나는
결국 '멍청 비용'을 쓰고야 말았다.

사 놓고 한 번도
안 쓴
새 제품이에요...

네고해 줘요.

순간의 감정에 취해 선택을 결정짓는 행동이
얼마나 어리석은지는
더 경험해 보지 않아도 알 것 같다.

조금은 더디더라도 내 공간과 어울리는지,
꾸준히 함께할 수 있을지를 충분히 고민하고
선택해야지.

이 공간이 숨을 쉬려면
나의 물건들도 오래오래 쓰이고 닦여야 할 테니까.

일주일만 더 고민해 보자!

주말을 맞이해 청소를 했다.

저번엔 밤을 새워 부엌 찬장과
다용도 서랍을 전부 끄집어내 정리했는데,

미루고 미루던 옷장 정리까지 끝냄으로써
이 집의 전반적인 정리가 모두 끝났다.

1시에 시작했는데
8시에 끝났네...

그간 물건들이 질서 없이 뒤섞여 있던 이유는

제자리를 몰랐기 때문이란
생각이 들었다.

정리라는 게, 쓰임에 맞게 넣어 두고
필요할 때 꺼내 쓰기 위함인데

독립한 지 2년이 다 되어서야
비로소 나의 쓰임과 필요를 알아차리게 된 것이다.

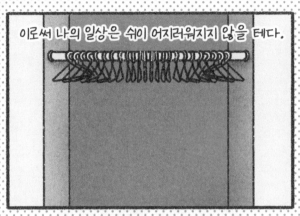

이로써 나의 일상은 쉬이 어지러워지지 않을 테다.

경험을 통해 물건들이 제자리를 찾은 것처럼,

나의 감정들도 제 쓰임과 필요에 맞게
정리되고 있을 테니.

청소와 함께 그런 기대를 심어 보는
주말이었다.

약한 게 아니라 슌:한 거야

초판 1쇄 발행 2024년 1월 20일

지은이   윤수훈
펴낸이   권미경
편집   박소연
마케팅   심지훈, 강소연, 김재이
디자인   THISCOVER
펴낸곳   ㈜웨일북
출판등록 2015년 10월 12일 제2015-000316호
주소   서울시 마포구 토정로47, 서일빌딩 701호
전화   02-322-7187 **팩스** 02-337-8187
메일   sea@whalebook.co.kr **인스타그램** instagram.com/whalebooks

ⓒ윤수훈, 2024
ISBN 979-11-92097-69-5 (03810)

소중한 원고를 보내주세요.
좋은 저자에게서 좋은 책이 나온다는 믿음으로, 항상 진심을 다해 구하겠습니다.